ROMANZI E RACCONTI

ISBN 978-88-6852-824-9

Art director *Mara Scanavino*
Graphic designer *Alberto Lameri*
Copertina e illustrazioni *Eugenio Nittolo*

www.baldinicastoldi.it
info@baldinicastoldi.it

BaldiniCastoldi
BaldiniCastoldi
baldinicastoldi
baldinicastoldi

Arturo Brachetti

Tanto per cambiare

BALDINI&CASTOLDI

PRIMA PARTE

I due carciofi

UNO

La prima volta che Renzo diventò qualcun altro fu a scuola.

Era una di quelle mattine piene di luce degli anni Sessanta, nelle quali l'odore di caffè e minestra si mischiava al fumo denso delle automobili, quelle carrette rumorose che, un parcheggio alla volta, stavano invadendo le strade di Torino. Sui marciapiedi c'era sempre con chi parlare. Si attraversava senza guardare perché in periferia le strade ancora semivuote, erano un ampio cortile per i giochi dei bambini. Li si sentiva gridare dai balconi e negli oratori del quartiere popolare in cui viveva la famiglia di Renzo. C'era un'atmosfera diversa, era tutto un po' più sporco ma anche più luminoso. O forse non era così. Si sa come sono i ricordi, meglio non fidarsi troppo di loro.

A scuola Renzo era arrivato come al solito insieme a Giovanni, il fratellone che lui trattava come un fratellino, e che aveva passato il tragitto da casa a scuola lamentandosi del grembiule. Gli sembrava di soffocare. Il papà aveva stretto troppo il fiocco e lui, che si sentiva osservato anche quando era solo, non aveva il coraggio di allentarlo. E così ci aveva pensato Renzo, attirato dalla sfida all'autorità paterna. Si era fermato in mezzo alla strada e, un po' platealmente, aveva annunciato: «Papà non ne è capace. Lascia fare a me». L'aveva detto a voce alta, perché lo sentissero più persone possibile: i negozianti e le signore con i sacchetti di plastica per la spesa – erano i primi che si vedevano in giro, li aveva appena inventati uno svedese, e venivano ostentati come se fossero di seta, o di un qualche materiale importato dal futuro.

Giovanni si era sentito in imbarazzo. E se qualche conoscente di famiglia avesse sentito le parole del fratello e poi fosse andato a riferirle ai suoi genitori? In fondo non gli piaceva essere trattato come un bambino da Renzo, che era più piccolo di lui, anche se non di statura. Stranamente, quello che Giovanni, crescendo, aveva acquisito in robustezza, Renzo l'aveva messo tutto in altezza. Magro come un chiodo, superava tuttavia il fratello maggiore di cinque centimetri, che a quell'età non sono niente male e possono fare la differenza. Difatti Renzo dimostrava qualcosa in più dei suoi sette anni, e si sforzava di pareggiare con l'atteggiamento. Di essere all'altezza, appunto.

Ma torniamo a quella mattina. Quando erano arrivati a scuola, Renzo e Giovanni si erano subito separati. I maestri radunavano i bambini nelle classi per cominciare le lezioni e gli facevano togliere i libri dai sacchetti. Solo in pochi potevano permettersi una cartella, una di quelle di pelle con i gancetti in ottone e il manico imbottito per portarla senza tenerla sotto braccio. Uno di quei pochi era Ugo, ma di lui parleremo tra un po'.

Renzo e Giovanni, invece, tenevano libri e quaderni legati con lo spago, lo stesso che la mamma usava, una o due volte all'anno, per fare l'arrosto di tacchino. «Le cartelle lasciatele ai commendatori», gli diceva la donna per giustificarsi di non potergliele comprare.

Dopo l'appello del maestro Giraudo le lezioni passarono in fretta, per Renzo. Distratto dal volo degli uccelli tra i rami che sfioravano le finestre della sua aula, passò le ore di italiano e aritmetica a disegnare un bambino volante circondato dalle rondini. Nella prima vignetta il bambino spiccava il volo sopra i palazzi squadrati e grigi, mentre nel secondo la città era già lontana e lui, con gli uccelli al seguito in una spirale, schizzava come un missile oltre le nuvole, verso un dirigibile a forma di maiale.

La ricreazione arrivò all'improvviso, annunciata dalle grida di gioia delle classi che si erano riversate per prime in cortile. Ma quello che per i bambini della scuola era il momento più bello della giornata, per Renzo era l'inizio del suo spettacolo quotidiano.

«Renzo! Renzo! Che fai lì da solo? Vieni a giocare con noi!» gli gridò Matteo, l'unico ripetente della quinta.

«Vieni a giocare con noi!»

Erano i suoi due compagni, due ragazzini senza nome, coi capelli cortissimi e sempre gli stessi pantaloncini in estate e in inverno. Sembrava che ci fossero cresciuti dentro, per quanto gli stavano stretti. Quei due non facevano che ripetere a pappagallo tutto quello che diceva Matteo. Gli spuntavano sempre da dietro le spalle grugnendo e ridacchiando.

«Tira una punizione delle tue, Renzo!» lo incitò Matteo. Teneva il pallone fermo col piede e gli indicava la porta con la rete tutta strappata. «Dai! Vediamo se Corrado te la para!»

Renzo sapeva cosa sarebbe successo, ma doveva stare al gioco. Prese la rincorsa, si avvicinò al pallone e fece per calciarlo. Ma come al solito, all'ultimo momento, Matteo spostò la palla con il piede e il calcio di Renzo lo fece finire col sedere per terra, tra le risate generali.

Corrado lasciò la porta e si avventò sulla palla. La calciò contro Renzo, ma lui con un balzo riuscì a schivarla, e quella finì sul grugno di Matteo, che per un attimo rimase rintronato dal colpo. Con il viso ancora rosso e trattenendo le lacrime urlò ai suoi due compari: «Prendiamolo!»

Renzo si diede alla fuga e corse dentro la scuola. Si affacciò sul corridoio. Via libera. Fece un respiro profondo e si lanciò verso i bagni superando le classi vuote, tutte uguali, austere e sprofondate nel silenzio; poi il gabbiotto di Renata, la bidella siciliana che nessuno riusciva a capire quando parlava; e infine afferrò la maniglia della grossa porta di legno. Si aggrappò come se, invece dell'ingresso del bagno degli studenti, fosse una roccia nel mare in tempesta e lui il superstite di un naufragio. Difatti la maniglia si staccò e gli rimase in mano, e Renzo perse qualche istante per rinfilarla alla bell'e meglio nel foro, guardandosi intorno con la paura che i bambini più grandi comparissero in corridoio.

Una volta dentro controllò che non ci fosse nessuno. In un angolo vide la sedia su cui Renata aveva lasciato il camice che indossava per fare le pulizie, insieme ai saponi, l'ammoniaca e gli arnesi che le servivano per lavorare. Renzo, tappandosi il naso per l'odore pungente di ammoniaca, si infilò in un cubicolo e si chiuse la porticina alle spalle appoggiandosi contro. Chiuse gli occhi e si sedette in terra, su una chiazza ancora umida di detersivo e ammoniaca. Chissà dov'era suo fratello, chissà se lo stava cercando con la merenda che gli aveva preparato la mamma. Ma che importanza aveva, d'un tratto Renzo sentì delle voci provenire dal corridoio. Appoggiò l'orecchio alla porticina del suo cubicolo e riuscì a distinguere quella di Matteo.

Fuori dal bagno i tre ragazzini armeggiavano con la maniglia rotta. La porta era incastrata e loro stavano tentando di forzarla. Renzo aveva solo due possibilità: arrendersi e farsi prendere un po' a spinte, oppure poteva rischiare e sgusciare fuori dal cubicolo passando per la finestra, percorrere il cornicione fino al bagno degli insegnanti e rientrare da lì, per poi scappare in cortile in punta di piedi e fare finta di esserci sempre stato.

L'indecisione lo teneva inchiodato lì. Il cornicione era troppo pericoloso, e se qualcuno l'avesse visto si sarebbe messo nei guai. Non sapeva cosa fare. Intanto i colpi dei bambini diventavano sempre più forti. La serratura incastrata della vecchia porta avrebbe ceduto da un momento all'altro. Era in trappola.

Quando piombarono nel bagno, la maniglia d'ottone cadde sulle mattonelle di graniglia facendo un gran baccano. I tre rimasero immobili per alcuni istanti per capire se qualcuno li avesse sentiti, poi si divisero per ispezionare i cubicoli.

«Carciooofooo... vieni fuori, perché ti nascondi?» disse Matteo facendo la cantilena con la voce.

«Perché ti nascondi?» gli fecero eco gli altri due.

«Lo sappiamo che sei qui, carciofo», grugnì Matteo.

Ma Renzo non saltava fuori. E man mano che i tre aprivano tutte le porte dei cubicoli il loro entusiasmo per la caccia montava. Quando alla fine sentirono scrosciare l'acqua di un gabinetto e una porta si aprì di colpo, quasi saltarono addosso alla loro vittima. Ma si accorsero giusto all'ultimo che non si trattava di Renzo. Era Renata, la bidella.

Il camice stretto intorno al petto gonfio che sembrava scoppiare, il fazzoletto in testa calato sulla fronte, la schiena ricurva e gli zoccoli di legno. Con le mani nascoste nelle tasche della vestaglia da lavoro, tutta fiorellini smunti su uno sfondo grigio-celeste, Renata uscì dal cubicolo e tirò subito fuori un vecchio fazzoletto per soffiarsi il naso. Con il naso e la bocca coperti dal tessuto disse: «*Fitusi, fitusazzi! Aviti a turnare in classe, 'a campanella suonò!*» Fatto qualche passo, vide la maniglia in terra e si chinò per raccoglierla.

Non fece in tempo a protestare e chiedere spiegazioni ai tre che quelli l'avevano già superata e ora stavano scappando a gambe levate per il corridoio.

I ragazzini sfrecciarono per il corridoio superando le aule, ma appena ebbero svoltato l'angolo dov'era posizionato il gabbiotto di Renata, se la trovarono di nuovo davanti. La donna li guardava con gli occhi fiammeggianti.

«*Fitusi, fitusazzi! Aviti a turnare in classe, 'a campanella suonò!*»

Stavolta era vestita con il grembiule bianco che metteva soltanto quando il preside temeva la visita di un ispettore.

I tre sbiancarono e filarono in classe chiedendosi cosa mai fosse successo.

Tornando a casa Giovanni chiese a Renzo: «Cos'è successo durante la ricreazione?»

«Sono scappato in bagno. Avevo mal di pancia.»

Renzo non aveva voglia di raccontare nulla. Era ancora su di giri e l'eccitazione lo aveva ridotto al silenzio.

Fecero il tragitto verso casa a passo rapido. Giovanni salutava i vicini e dava il buongiorno a tutti mentre Renzo era da tutt'altra parte: si stringeva una mano con l'altra e guardava scorrere la gente sul marciapiede come se fosse la pellicola di un film che solo lui poteva vedere.

DUE

Il quartiere di Renzo sarebbe uscito in bianco e nero anche a fargli una foto a colori. I palazzi erano disposti secondo rigide geometrie che prevedevano uno sviluppo solo in altezza, come se i costruttori, per la smania di andare verso l'alto, non avessero il tempo di pensare al brutto che lasciavano giù. Le strade erano pulite ma con la pioggia o la neve si ricoprivano di uno strato di fango limaccioso che si incollava alle scarpe e non le mollava più fino all'estate. Tra un colosso popolare e l'altro si poteva trovare un giardinetto di alberi sempre spogli, o un campetto di calcio sterrato che per gran parte dell'anno era ridotto peggio delle strade. Ciononostante c'era sempre qualcuno a giocare a pallone. Il calcio sembrava l'unica attività concessa, l'unica accettabile per i maschi dai 5 ai 50 anni. Ma non bastava giocare, bisognava anche parlarne. Al bar, in chiesa, al mercato e alla posta. Il Torino e la Juventus. I derby e i rigori.

Renzo spesso si sentiva solo. Poco portato per lo sport com'era, non riusciva a trovare il calcio in alcun modo interessante. E dire che ci aveva provato. Siccome anche a scuola non si parlava d'altro, per un periodo aveva cominciato a fare domande quotidiane al maestro Giraudo: «Che ha fatto il Toro? Ah, lei è della Juve. Io tifo per tutt'e due!» Lui però non gli dava soddisfazione: il calcio era una cosa seria e Renzo era solo in cerca di attenzioni. Perciò a volte la risposta era un sospiro, altre un'arruffata di capelli. E Renzo riprendeva subito a guardare fuori dalla finestra, a disegnare o a sfogliare uno dei suoi volumi de *I Quindici, i libri del fare e del sapere*. Per comprarglieli suo padre aveva risparmiato in un salvadanaio di coccio, una monetina a settimana per un anno intero. Renzo e Giovanni contribuivano come potevano, mettendoci le piccole mance che gli dava la nonna quando le portavano la spesa a casa o le facevano compagnia nei pomeriggi di pioggia.

Il libro della serie preferito da Renzo era *Fare e costruire*, che con un sacco di foto e illustrazioni ti spiegava come creare un portapenne, un segnalibro, una pistola con la carta che grazie a un semplice espediente faceva anche "Bang!". C'era addirittura la ricetta per preparare un dolcetto, ma quella gli interessava di meno. Erano i meccanismi ad attrarlo, i trucchi.

Era diventato così bravo con quei lavoretti manuali che ci riusciva anche senza guardare. Quel giorno si fece bendare da Giovanni e iniziò ad armeggiare con un portapenne e un segnalibro. Deprivato della vista, Renzo entrava in un'altra dimensione. Ritagliava carta e assemblava cartone con la maestria di un artigiano, spiegando ogni operazione al fratello. In pochi attimi ebbe tra le mani una pistola di carta.

«Guarda qui!» esclamò Renzo togliendosi la benda. Tirò il grilletto e schizzò fuori il foglietto su cui aveva scritto "Bang!"

Quel pomeriggio, mentre l'ora di pranzo scivolava lenta in quella dei compiti, venne a trovarlo Ugo.

Figlio di un caro amico del padre di Renzo, Ugo era un bambino ancora più timido e riservato di lui. Spesso non riusciva neanche ad articolare la risposta alla domanda più semplice di un adulto, se non gli veniva posta di spalle e con un tono di indifferenza.

La sua timidezza, insieme alla quasi totale incapacità nelle attività sportive, l'aveva fatto diventare il migliore amico di Renzo. Si somigliavano, pure: erano entrambi magrissimi. La vita era stretta, com'è sempre quella dei bambini, e serviva solo a separare un busto minuto da gambe ancora più minute. Le teste però erano grandi, e da lontano sembravano sproporzionate per via delle chiome ricce e perennemente arruffate che le sovrastavano, conferendo a entrambi l'aspetto (e il soprannome) di "carciofi".

A Ugo piaceva guardare Renzo che giocava con la carta paraffinata, quella in cui ti incartavano il burro, o che erigeva piccoli castelli con le scatole di cartone che recuperava dai negozianti vicino alla scuola. In cima a quei castelli rudimentali metteva i suoi pupazzi di tessuto imbottito e i soldatini, lasciando a Ugo sempre un piano o due per i suoi. I due giocavano facendoli volare, parlare in lingue inventate (e incredibilmente si capivano!) e lottare senza motivo solo per poi fargli fare pace. Li lasciavano abbracciati all'ultimo piano del castello e correvano a fare merenda con il tè e i biscotti che sua madre preparava.

«Ti piacciono i biscotti, Ugo?» gli domandò un giorno la mamma di Renzo.

Lui arrossì subito e fece sì con la testa.

Qualche tempo prima la mamma aveva raccontato a Renzo che in casa di Ugo si mangiavano solo pane e mortadella.

«Sono poveri?» aveva domandato Renzo, sinceramente preoccupato.

«Macché. Stanno bene, loro. Hanno anche la lavabiancheria», aveva risposto la madre, subito pentita di essersi ficcata in quel vicolo cieco. Per fortuna Renzo non aveva fatto altre domande.

Dopo la merenda, quando tornarono nel salottino dove il padre di Renzo leggeva il giornale sprofondato nel divano di velluto verde, trovarono i loro pupazzi in terra e la costruzione di cartone in un angolo.

«Cos'è successo?»

«Ora stanno esplorando», gli disse l'uomo. «Si erano stufati di dormire.»

«Ma mica dormivano, stavano facendo la pace...» protestò Renzo. «Avevano litigato!»

«Gli uomini non litigano. Semmai combattono», commentò suo padre tornando a nascondersi dietro al giornale. «Smettetela con quei pupazzi, giocate a briscola», aggiunse indicando il cassetto dove tenevano le carte.

Ugo si illuminò. «Sì, dai Renzo! Ti faccio vedere un trucco che mi ha insegnato don Luigi!»

Andarono a prendere le carte. Ugo le mischiò e gliele mise davanti a ventaglio.

«Prendine una», gli disse, gongolando.

Renzo ne tirò una dal centro e la guardò. Era il quattro di spade. «E ora?» chiese.

«E adesso la indovinerò!» esclamò Ugo, chiudendo gli occhi per concentrarsi. «È l'asso di bastoni!»

«No.»

«Come no?»

«Non è l'asso di bastoni.»

«Ma sì!» insisté Ugo.

Renzo mostrò la carta al padre e gli chiese: «Papà, questo è l'asso di bastoni?»

«No. È il quattro di spade», disse l'uomo, sbirciando da sopra il giornale.

«Ma com'è possibile?» si scoraggiò Ugo. Poi prese la carta dalle mani di Renzo e la esaminò. «Devo farmelo insegnare meglio, questo trucco. A don Luigi esce sempre l'asso di bastoni.»

«Basta impegnarsi! Riproviamoci», lo consolò Renzo.

E provarono e riprovarono per l'intero pomeriggio finché l'asso di bastoni non uscì davvero.

Il pomeriggio seguente Ugo era venuto prima del solito per invitare Renzo a fare i compiti da lui. Ma naturalmente era una scusa. Appena Renzo ebbe ottenuto il permesso di studiare a casa di Ugo, l'amico gli rivelò che voleva mostrargli il suo nuovo giradischi.

I palazzoni anonimi del quartiere di Renzo si diradavano man mano che i due camminavano verso casa di Ugo. L'altro carciofo abitava in largo Cardinal Massaia, in una zona altrettanto persa tra orti e campi ma in cui, solo per il fatto di essere un po' più vicini al centro, si respirava tutt'altra aria.

L'appartamento era molto grande. L'ingresso dava direttamente sul salotto, e il salotto era pieno di mobili, i mobili erano ricoperti da pizzi e merletti, e su questi c'erano oggetti in vetro e cristallo e cornici, molte cornici, tutte piene di foto di famiglia.

Al centro della stanza c'era un grande divano scuro che in controluce sembrava rivestito da una patina di polvere. Alle finestre, più piccole di quelle dei palazzi storici o del centro, erano appese delle tende decorate da cerchi concentrici che sembravano occhi di pesce. La sala da pranzo, che si scorgeva da una porta in fondo al salotto, era in penombra. Al centro c'era un imponente tavolo di frassino che sapeva di antico, tuttavia era circondato da sedie spaiate, come se i genitori di Ugo non avessero ancora risparmiato abbastanza per comprarle tutte uguali. Ma si vedeva che ci tenevano a far bella figura. Infatti, nonostante Renzo fosse solo un bambino, la mamma di Ugo si affrettò a chiudere la porta della sala da pranzo, sperando che il piccolo ospite non avesse fatto caso alle sedie.

«C'è una confusione...» si affrettò a dire.

Ugo volle mostrare immediatamente il giradischi a Renzo. Non vedeva l'ora di sorprenderlo con il suo nuovo apparecchio tecnologico. L'aveva già fatto con la lavabiancheria, il tostapane, lo spremiagrumi e la caffettiera elettrica, che aveva la forma di un missile spaziale, o di una grande supposta.

Invece di fare i compiti, i bambini passarono il tempo ad ascoltare *Una lacrima sul viso* di Bobby Solo. Già a metà del primo ascolto i due avevano smesso di fare caso alle parole. Era più divertente essere testimoni della musica che usciva da una macchina piuttosto che ascoltarla. Renzo si era messo a fare l'imitazione di Bobby Solo in mezzo al salotto per far ridere Ugo, che poi era un'imitazione di Elvis.

La mamma entrò e abbassò il volume. «Ma non dovete studiare, voi due? Posso lasciarvi un momento in casa da soli? In dispensa non c'è nulla e vorrei fare un po' di spesa. Così vi porto anche la merenda.» Lasciò sul tavolino due bicchieri di orzata, la bevanda preferita di Ugo.

«A me va bene anche la mortadella», disse Renzo.

«E che merenda è con la mortadella?» rispose la mamma di Ugo. «Vi prendo i biscotti», aggiunse, e aprì la porta di casa. Poi, prima di chiudersela alle spalle, «Ugo, sai dov'è la mortadella. Offrila a Renzo.» E uscì.

«Vuoi ascoltare una cosa proibita?» sussurrò subito Ugo al suo amico.

«Certo.»

Si alzò dal tappeto e corse di là. Quando tornò teneva in mano un altro 45 giri, che mostrò subito con un'espressione trionfante in volto. Era *Non ho l'età* di Gigliola Cinquetti.

La ascoltarono cinque volte fingendo di scandalizzarsi. In realtà non capivano di cosa parlasse la canzone, ma la copertina del disco fece venire un'idea a Renzo.

«Perché non ci mascheriamo da lei?» disse, tenendo la copertina davanti al petto. «Possiamo usare le cose di tua madre!»

«No, no…» protestò Ugo, terrorizzato.

«Dai! È divertente!» insisteva Renzo. «Io… l'ho già fatto.»

Renzo raccontò a un Ugo sbalordito di come, qualche giorno prima, avesse usato gli abiti da lavoro di Renata la bidella per sfuggire a Matteo e i suoi compagni che lo stavano per stanare in bagno. Li aveva trovati fuori dal cubicolo e se li era messi in fretta e furia. Aveva usato il suo maglioncino per simulare il seno e i pantaloni per fare una piccola gobba. Poi si era appeso le scarpe alla cintura e aveva messo gli zoccoli ai piedi, quelli che Renata usava per passare lo straccio nei corridoi. E con il fazzoletto in testa era irriconoscibile, tanto di capelli ne aveva in abbondanza. Insomma quei tre ci erano cascati.

«Ma... come hanno fatto a non riconoscerti? La bidella è più alta di te!»

«Forse perché non volevano davvero vedere me... Li ho ingannati!»

Ugo era spaventato, ma anche incuriosito dalle gesta del suo amico. Dopo altre insistenze decise di lasciarlo fare e lo accompagnò in camera di sua madre. Tanto lo sapevano entrambi che non sarebbe mai tornata coi biscotti.

I due si infilarono nell'armadio in camera da letto e tirarono fuori abiti e accessori, mentre i cosmetici li presero dalla toeletta vicino alla finestra. La madre di Ugo ne aveva molti di più di quella di Renzo, che spesso non si truccava nemmeno perché a Madonna di Campagna la cosa non era ancora benvista: andava bene per le donne dello spettacolo, della televisione, ma per le passeggiate tra gli orti e i casermoni della sua zona, o per andare a comprare il pane, non era davvero necessario truccarsi.

Ugo provò a vestirsi da Bobby Solo, calzando un paio di pantaloni di suo padre e un'enorme camicia bianca. Tentando di ancheggiare come il cantante, incespicò in un orlo e rovinò in terra. La trasformazione di Renzo fu più radicale. Scelse con cura gli abiti che somigliavano di più a quelli della Cinquetti e li riempì di fazzoletti di carta per ottenere le curve che gli servivano.

Per il timore che la mamma di Ugo tornasse all'improvviso, i due fecero più in fretta che potevano. Renzo riuscì a cambiarsi in poco più di un minuto, corse scalzo in salotto, accese il giradischi e iniziò a

imitare Gigliola Cinquetti ondeggiando. Ma si stufò subito di cantare davanti a un microfono invisibile. La vera ebbrezza era essere qualcun altro. Renzo sentiva che avrebbe continuato all'infinito, se avesse potuto. Sarebbe passato da una persona all'altra con la stessa frequenza con cui metteva un piede dopo l'altro per camminare. L'idea di nascondersi, però, non gli piaceva un granché.

Una domenica pomeriggio, mentre il padre di Renzo sonnecchiava col giornale in faccia e la madre rammendava i calzini di tutta la famiglia, qualcuno bussò alla porta.

Era il padre di Ugo. Lui e sua moglie si erano accorti della manomissione della trousse e dell'insolito disordine nell'armadio. Gli era bastato fare qualche pressione sul figlio a che lui, in lacrime, confessasse tutto. Naturalmente la colpa era di Renzo.

«È una cosa inammissibile», disse il signor Ferretti. «Bisogna rimetterlo in riga.»

«Andrebbero puniti entrambi», precisò il padre di Renzo.

«Chissà che debosciato diventerà suo figlio, deve fare qualcosa subito!»

Il padre di Renzo tremava dalla rabbia mentre il resto della famiglia origliava col fiato sospeso la conversazione che stava avendo luogo all'ingresso. Giovanni sembrava in trance mentre ascoltava le parole perentorie del padre di Ugo. Teneva gli occhi fissi su Renzo, che aveva smesso di sfogliare il volume de *I Quindici* e teneva una pagina sospesa a metà con due dita. Si era fermato il tempo.

Intervenne la madre: «Signor Ferretti, penso che stia veramente esagerando. Non può giudicare così severamente i giochi innocenti di due bambini.»

Quando si chiuse la porta di casa, il padre di Renzo tornò in salotto e guardò il figlio negli occhi. Gli prese il libro e lo rimise a posto in mezzo agli altri. Poi tornò sul divano, si rimise il giornale sugli occhi e fece un lunghissimo sospiro.

Nessuno parlò per il resto del pomeriggio. E nemmeno a cena. Solo quando i bambini furono messi a letto, i genitori discussero la questione. La mamma teneva la voce bassa per non farsi sentire, mentre il papà non era capace di sussurrare, quindi i bambini sentirono chiaramente che da quel giorno Renzo avrebbe passato il tempo libero in casa, sorvegliato a vista dalla madre, oppure in oratorio a giocare a pallone come fanno i bambini normali. Qualunque cosa stesse dicendo la madre era inutile perché lui continuava a ripetere che non voleva sentire ragioni, che non gliene importava nulla se i bambini facevano cose strane senza malizia, che non era normale avere un figlio che si travestiva da donna, che un po' di sana disciplina alla vecchia maniera gli avrebbe fatto solo bene e che un giorno Renzo lo avrebbe ringraziato.

Nei giorni seguenti nessuno comunicò a Renzo le nuove disposizioni sul suo conto, ma il bambino, spaventato dalla reazione di suo padre e dal fatto che non gli avesse nemmeno rivolto la parola, si comportò come i suoi si aspettavano che facesse. O almeno così gli fece credere.

TRE

Il signor Ferretti aveva categoricamente proibito a Ugo di frequentare Renzo, ma nel giro di una settimana tutto era tornato normale. Renzo e Ugo erano di nuovo "i due carciofi" e la cosa non gli dispiaceva poi tanto.

Durante la ricreazione, mentre Renzo veniva messo in mezzo a forza in una finta partitella di calcio, Ugo si unì a lui e provò ad aiutarlo a recuperare un pallone. Erano due contro dieci ma rincorrere la palla era sufficiente a rendere quell'impresa impossibile un gioco divertente.

Il resto della giornata a scuola non parlarono, ma il giorno dopo si scambiarono un pezzo delle rispettive merende. Quello dopo si incontrarono davanti al cancello dell'istituto e Ugo raccontò a Renzo che il pomeriggio precedente suo padre lo aveva portato in piazza San Carlo a mangiare i cioccolatini. Be', *un* cioccolatino in realtà, ma l'emozione era stata grande lo stesso perché era al liquore e lui si era sentito tutta una cosa strana nella gola, e poi gli erano venuti i brividi lungo la schiena ed era stato «proprio come essere grande».

Tutto tornò alla normalità finché un giorno Renzo, alla fine di una ricreazione, non decise di tirare fuori l'argomento che Ugo aveva attentamente evitato.

«Perché un giorno non ci travestiamo di nuovo?»

Ugo si irrigidì subito e distolse lo sguardo.

«Tu ti travesti da tuo padre, io da maestro Giraudo e andiamo insieme a piazza san Carlo a comprare tutti i cioccolatini che vogliamo», continuò Renzo.

«Non mi va.»

«Perché no?»

«Perché è noioso.»

«Ma non è vero!»

Per evitare il confronto Ugo si allontanò lungo il corridoio, ma Renzo lo affiancò subito.

«Ti ho detto che non mi va.»

«Ma a Carnevale non ti mascheri? È la stessa cosa!» gli sorrise Renzo.

«A Carnevale è normale, lo fanno tutti.»

«Facciamo finta che è Carnevale!»

«Non mi va...»

«Dai!»

«No! Lasciami in pace!» gridò Ugo.

Si girarono tutti. Il maestro Giraudo, da dentro la classe, ordinò di non fare confusione. Renzo scrollò le spalle e, deluso, tornò al suo banco.

Ugo tornò a mantenere le distanze. E quando si rifece vivo non fu piacevole. Aveva raccontato a tutti che Renzo si era vestito da Gigliola Cinquetti, e di conseguenza ogni volta che passava per i corridoi a scuola sentiva sghignazzare alle sue spalle.

«Gigliola! Gigliola! Che età hai?» gli urlò dietro Matteo una mattina.

«Che età hai?» ripeterono i soliti scagnozzi.

Ma Renzo si accorse che adesso gli scagnozzi erano tre. Ugo stava accanto a Matteo e lo guardava sprezzante.

«Ho sette anni!» li sfidò Renzo. «La stessa età che hanno i tuoi compagni!»

Matteo non si sforzò nemmeno di cercare una replica. Lo afferrò dalle gambe mentre gli altri lo prendevano dalle spalle e lo infilarono, tra gli schiamazzi generali, nel cassonetto dei rifiuti della mensa scolastica.

La ricreazione seguente Renzo fu costretto a stare in porta. Il gioco, però, non era fare goal. Ma percuotere il portiere con fortissime pallonate. Matteo lo prese proprio in pancia, e l'ultimo rigore fu lasciato a Ugo.

Si guardarono negli occhi. Ugo prese la rincorsa mentre Renzo era fermo al centro della porta, pronto a coprirsi il volto con le mani. Ugo aveva preso una rincorsa lunghissima, quattro o cinque metri, e ora correva verso la palla coi pugni chiusi. Renzo era pronto al peggio, le ginocchia gli tremavano per la paura e il dolore dell'ultima pallonata di Matteo. Ma ecco che Ugo, tirato indietro il calcio per colpire, fa partire il piede e prende il pallone con la punta, mandandolo a incastrarsi tra i rami dell'unico albero. La scuola intera esplode in una risata, e Ugo, preso dalla rabbia, strappa un mucchietto di terra ed erba e lo lancia verso Renzo con tutta la forza che ha. I fili d'erba svolazzano davanti alla sua faccia mentre il terriccio e qualche sassolino colpiscono la mano di Renzo, che se ne accorge appena.

«Dovevo aspettarmelo che sarebbe stata ridicola la sfida tra i due carciofi!» disse Matteo ad alta voce.

«I due carciofi! I due carciofi!» ripeterono i due compari.

«Dai Ugo, vieni con noi. Ti insegno a non tirare solo di punta.»

Il giorno dopo Renzo decise di sottrarsi agli scherzi.

«Non vai in cortile?» gli chiese il maestro Giraudo, che durante la ricreazione rimaneva sempre in classe a sfogliare *La Stampa*. A volte, anche quando i bidelli avevano riportato tutti i bambini in aula, lui continuava a leggere col capo chino sul quotidiano finché qualcuno, di solito uno studente, non gli si avvicinava per dargli un colpetto sulla spalla.

«Mi fa male la pancia», mentì Renzo, unendo le mani sullo stomaco e stringendo gli occhi per sottolineare il dolore.

«Accidenti», commentò il maestro Giraudo.

Renzo si alzò e andò a guardare giù dalla finestra.

In cortile si era radunato un piccolo capannello di bambini intorno a Ugo, che con tre anelli colorati in mano si stava esibendo davanti ai compagni.

«Guardate qui! È una magia», declamava muovendo tre cerchi di metallo colorati nell'aria. «Questo è un anello di metallo! Anche questo è un anello di metallo! E questo è il terzo anello! Li vedete?»

Qualcuno dalla piccola folla gridò «Sì!»

«Un anello! Due anelli! Eeee… tre!» gridò Ugo, mostrando ora che i tre anelli non erano più separati, ma erano diventati una catena.

Gli altri ragazzini, dopo un primo momento di stupore, gli fecero un applauso e gli chiesero di rifarlo. Volevano capire come diavolo avesse fatto.

Ma Ugo si negò. «La magia non si ripete! E adesso non posso rifarla perché devo giocare a pallone.»

Infatti da lontano, Matteo lo stava chiamando: «Ugo! Sbrigati che dobbiamo cercare Renzo per giocare ad abbatti-il-portiere!»

«Abbatti-il-portiere! Abbatti-il-portiere!» gli fecero eco le due faine alle sue spalle.

Renzo tornò al banco con un groppo in gola.

«Urla ai tuoi compagni di non fare questo baccano perché io qua sto provando a leggere il giornale», disse il maestro Giraudo.

Dopo un silenzioso tragitto insieme al fratello, Renzo arrivò a casa e ci trovò lo zio Arturo. Come al solito era venuto a portare il ghiaccio, e ora lo stava versando nel vecchio comodino scassato che, in casa loro, fungeva da congelatore.

Lo zio era una persona gioviale e gli piaceva scherzare. Anzi, gli piaceva *solo* scherzare. Renzo non l'aveva mai sentito dire niente di serio, mai una parola triste o malinconica, e quando a tavola il padre di Renzo parlava di politica o si lamentava del lavoro, lo zio Arturo si alzava sbuffando, gli dava una pacca sulla spalla e gli diceva «Musone! Fattela una risata ogni tanto!»

A quarant'anni, lo zio Arturo non si era ancora sposato. Aveva messo su qualche chilo e un colorito rosa a tutte le ore del giorno, non solo alla sera, quando buttava giù un cicchetto dopo l'altro al bar della Marcella. Di giorno lavorava all'officina meccanica, dove riparava i trattori agricoli e i cingolati dei contadini di Madonna di Campagna. Il pomeriggio lo zio Arturo, senza neanche passare da casa a farsi una doccia, andava subito dalla Marcella, dove si incontrava con gli amici per discutere di donne e calcio. Già al secondo cicchetto perdeva la memoria e raccontava sempre le stesse storie, che i suoi amici del bar, annebbiati e smemorati come lui, non ricordavano mai o fingevano di aver dimenticato. Ma le risate, grasse e rumorose, erano sempre le stesse.

Due o tre volte al mese lo zio Arturo andava a cena a casa di Renzo. Arrivava tirandosi appresso una scia di dopobarba "francese" e coi capelli impomatati. Quelle erano le uniche occasioni in cui lo zio curava il proprio aspetto. Anche i due bambini ci tenevano ad avere i capelli in ordine e a infilare la maglietta nei calzoncini. Per poi finire scarmigliati e sciatti quando lo zio, buttato giù l'ultimo sorso di vino, si metteva a rincorrerli per tutta la casa.

«Ti ho preso!» urlò lo zio a Giovanni, che rideva e strepitava e scalciava in aria mentre lo prendeva per i fianchi facendogli il solletico. Renzo come al solito preferì *non* farsi prendere, preferendo nascondersi, sparire e sbucare all'improvviso avvolto nella tenda bianca del balconcino.

«Bambini, stasera si mangia pesce! Lo zio ci ha portato tre trote», disse la mamma apprestandosi a pulirle nel lavandino.

«Ma mica le ho pescate io!» rispose lo zio. «E non sai quanto mi piacerebbe poterlo dire.»

Poi lo zio prese da parte Renzo, che stava sfiorando le squame di una trota per capire cosa le rendesse così lucide e iridescenti. E dopo le domande di rito sulla scuola e i compiti e lo sport, Arturo fece qualche domanda al nipote sul suo amico Ugo.

«Te l'ha detto papà?»

«No, cosa?»

«Del gioco.»

«Non tuo padre, me l'ha detto un uccellino. Di che gioco parli?»

«Io facevo Gigliola Cinquetti e Ugo Bobby Solo.»

Lo zio Arturo sospirò.

«Era solo un gioco!» ripeté Renzo, poi si alzò e tornò in camera sua. Lo zio lo lasciò andare.

Per il resto del pomeriggio Arturo tenne compagnia alla mamma che puliva le trote in cucina. Parlavano sottovoce, come facevano sempre, mentre i bambini erano impegnati con i compiti in sala.

Quando rientrò il papà si alzarono tutti e, come se si sentissero in colpa per qualcosa, si precipitarono ad accoglierlo all'ingresso. Seguirono altri parlottamenti sottovoce, stavolta tra lo zio e il papà.

La cena fu più silenziosa del previsto, e quando Giovanni provò a coinvolgere lo zio nel solito gioco di acchiapparello, lui gli arruffò i capelli con la mano e disse che quella sera non si sentiva. Se ne andò prima del solito ringraziando la mamma per la cena e affacciandosi appena in camera dei nipoti, che per la noia si erano coricati presto. Giovanni saltò fuori dalle coperte per salutarlo ma non fece neanche in tempo a infilarsi le pantofole che lo zio era già uscito.

Quella fu una notte strana per Renzo. Suo fratello respirava pesantemente avvolto nelle lenzuola come un insaccato. Spuntava solo un ciuffo di capelli vicino al cuscino. Lui, invece, non riusciva ad addormentarsi. Cosa c'era di male nel gioco che aveva fatto con Ugo? Possibile che fosse così grave da far calare quella coltre di mestizia su tutta la sua famiglia? Addirittura sullo zio, che era sempre allegro e non l'aveva mai rimproverato. Cominciò a sentirsi in colpa.

Si rigirò nel letto per qualche ora, poi si alzò per fare un giro in casa. Il respiro pesante di suo padre sostituì quello più rapido di suo fratello mentre avanzava sul freddo pavimento del corridoio. Sentì sua madre che russava debolmente; le capitava sempre quando si addormentava a pancia in su. Arrivò in sala e la trovò avvolta nella pallida oscurità lunare. Si aggirò in punta di piedi tra lo spartano mobilio della stanza e andò a stendersi sul divano. C'era qualcosa di misterioso e magico nel silenzio della notte e Renzo non riusciva a smettere di osservare quell'assenza di movimento in cui tutto sembrava appartenere a un'altra dimensione. La polvere roteava negli squarci di luce che filtravano dalla finestra e colpivano la credenza disegnandole quasi un volto. I pomelli erano occhi, il cassetto grande al centro la bocca, il riflesso opaco che emanava nel buio la sua carnagione. Renzo si addormentò contemplando quel mondo notturno, raggomitolato contro il bracciolo del divano come un cucciolo di cane.

Vagò tra sogni colorati e astratti per un po', finché non fu svegliato da un suono. Sulle prime pensò che fosse suo padre che andava in bagno, o sua madre che non riusciva a dormire e tornava in sala per finire un rammendo. Ma si accorse subito che i respiri dei suoi facevano ancora da sottofondo al sonno.

Il suono che aveva udito proveniva proprio dalla sala. Ma da dove? Si guardò intorno trattenendo il respiro. La fotografia di Roma appesa alla parete, lo strappo della carta da parati ingiallita, la lampada appesa sopra lo specchio pieno di macchie scure, le sedie infilate sotto al tavolo in modo che le curve del legno combaciassero perfettamente. Tutto era immobile e muto.

D'un tratto il suono si rivelò per quello che era. Un fruscio. Un rapido fruscio simile a un refolo di vento che saliva dal pavimento, da quelle mattonelle sempre troppo fredde su cui Renzo non riusciva a camminare scalzo nemmeno in estate. Fu allora che lo vide. La vestaglia che sua madre aveva lasciato appesa a una sedia si muoveva. I lembi inferiori sembravano spinti da una forza invisibile e si strofinavano in terra, come se tentassero di spingersi via dalla sedia, trascinandosi dietro il resto della vestaglia. A forza di tirare, la vestaglia riuscì a sganciarsi dallo schienale e scivolò in terra. Prima roteò un po' sulle mattonelle, come per rimettersi in posizione per muoversi, poi fece un balzo in alto e uno, più lento e aggraziato, verso il basso. Avanzò così per alcuni istanti, dirigendosi verso Renzo che osservava paralizzato quella strana danza fantasmatica. Raggiunto il divano, mentre Renzo non riusciva più a trattenere il respiro e lasciava uscire l'aria con minuscoli scatti che sembravano rantoli di un moribondo, la vestaglia si innalzò seguendo la forma del bracciolo e gli si avventò contro.

Solo che non voleva aggredirlo. Non era un fantasma, non era uno spirito maligno che lo attaccava perché aveva osato avventurarsi nel suo territorio, la casa di notte. La vestaglia gli si adagiò prima sopra, e poi, dopo aver preso le misure, gli si infilò addosso.

Quando tutto tornò immobile e gli unici suoni ripresero a essere quelli del sonno della sua famiglia e il canto delle allodole in ascesa dopo la picchiata, Renzo prese il coraggio di alzarsi dal divano. In piedi al centro della stanza con indosso la vestaglia di sua madre, e, sotto lo strato di cotone, il torpore di un risveglio da mesi di letargo, si trovò davanti suo padre, il cui sguardo vitreo non fu che il preludio a un altro lungo periodo di muto risentimento.

QUATTRO

Passarono i giorni, poi le settimane, un po' tutte uguali e incolori. Come un cane a cui è proibito avvicinarsi alla dispensa e gira su se stesso per provare a non guardarla nemmeno. A Renzo bastava guardare i vestiti della gente per sentirsi in difetto, non capiva davvero cosa ci fosse di male, però che poteva fare? Abbassava subito gli occhi davanti agli abiti delle suore, alle divise dei poliziotti, ai vestiti sgargianti di certe ragazze con le gonne corte o svolazzanti, optical o a fiori, strette o a vita alta, e le spose, i vigili del fuoco, i macellai e i dottori. Che tentazione guardarli e lasciarsi portare via da quei personaggi, come le figurine stilizzate nei suoi libri, coi volti tutti uguali, che abitavano mondi bidimensionali in cui bastava scivolare dietro una porta per riemergere nei panni di qualcun altro. Anzi più che nei panni, *essere* qualcun altro. E poi cambiare ancora, giocare all'infinito, perdersi.

In breve diventò un'ossessione, e Renzo cominciò a sottrarre oggetti qua e là. La prima volta fu quando aveva accompagnato suo padre a fare delle commissioni. Fermatisi in un bar, Renzo aveva notato che un carabiniere aveva lasciato la giacca poggiata a una sedia. Non riuscì a trattenersi, e mentre suo padre era in bagno, staccò col temperino un grosso bottone di latta decorato con la fiamma dell'arma. La seconda volta si appropriò di uno stetoscopio, sfilato al pediatra dal quale la madre l'aveva portato per il terribile mal di pancia che aveva simulato. Seguirono un elmetto lasciato incustodito fuori dalla stazione dei pompieri, una cravatta al preside e una parrucca dal manichino di un negozio. Teneva tutto in un sacchetto di plastica nascosto sotto al letto.

CINQUE

Il maestro Giraudo era un uomo ordinario e un po' spento. Gli occhi, malinconici e sempre socchiusi, erano nascosti da un paio di occhiali dalla montatura spessa, che servivano a distrarre dalla sua pelata, composta da due ciuffi grigiastri sulle tempie separati da una spianata di lucido cuoio capelluto, come una strada dopo che è passato lo spazzaneve. Il grosso naso a patata sembrava invece messo lì per sbaglio, a sovrastare un mento appuntito e ossuto che provava a venire in fuori senza averne la forza.

Ma l'impressione generale di Giraudo non era quella di un uomo brutto, a dire il vero neanche di un uomo triste. La somma degli elementi del suo viso dava un anonimato assoluto, da generico insegnante che compare accanto a una scolaresca nelle foto di classe; in piedi, serissimo e con le mani dietro la schiena. La cravatta perfettamente perpendicolare al corpo e i pantaloni del completo troppo stretti in vita e corti quel tanto che basta a intuire i calzini e l'assenza di una donna.

Era impossibile farlo arrabbiare. Spesso ignorava gli studenti distratti per non perdere tempo a rimproverarli, e tra una lezione e l'altra, come già detto, spariva dietro *La Stampa* e ne riemergeva, assonnato, solo al suono della campanella. Se da un lato era benvoluto dai bambini per la sua bontà, era temuto per la sua assoluta assenza di complicità.

Però quella mattina Giraudo si infuriò.

Pioveva a dirotto e il vento gli aveva divelto l'ombrello, perciò in attesa che spiovesse il maestro si era riparato in un bar. Aveva preso un caffè, cosa che non faceva mai perché non faceva parte delle sue abitudini e lui, alle abitudini, teneva molto. Poi la pioggia si era attenuata, e Giraudo si era stretto il bavero della giacca intorno al collo e aveva usato un giornale abbandonato sul tavolino del bar per coprirsi la testa. Era arrivato a scuola con qualche minuto di ritardo. La porta dell'aula era già chiusa e i corridoi vuoti risuonavano delle voci dell'appello. La cosa strana era che anche dalla sua classe si sentivano i bambini rispondere al proprio nome. «Presente!» sentì dire, e poi ancora «Presente!». E un'altra volta ancora. Riconosceva le voci dei suoi studenti, ma non capiva chi stesse leggendo i nomi. Che un bidello lo avesse sostituito? Fu tentato di andarsene nella sala degli insegnanti a leggere il giornale, tutto sommato un'oretta di pausa se la meritava. Poi dalla sua classe arrivò una risata, a cui seguì un applauso, a cui seguì la voce di qualcuno, di certo un bambino, che impostando una voce baritonale annunciò «E adesso vediamo chi ha studiato...»

Giraudo aprì la porta di colpo, trovandosi addosso gli occhi attoniti di tutti i bambini, mentre nascosto dietro il registro, ancora ignaro dell'ingresso in aula del maestro, c'era il piccolo Renzo, vestito di tutto punto, con la giacca larga di fustagno e la camicia mezza fuori dai pantaloni che gli finivano sotto le scarpe; la testa rasata al centro e dei ciuffi di lana sopra le orecchie; un paio di occhiali enormi e senza lenti; mentre con la voce bassa bassa, imitando il maestro, chiamava Silvestri alla lavagna per essere interrogato.

Renzo finì la giornata nell'ufficio del preside. Renata la bidella era stata mandata a chiamare la mamma, che si era precipitata a scuola con la parannanza sporca di farina. La donna guardava il figlio con gli occhi gonfi di tristezza e con le mani che le tremavano, come se non aspettasse altro che prenderlo a ceffoni per liberarsi di tutta quella tensione.

«Signora, Renzo ha fatto una cosa molto grave.»

«Lo so, lo so», commentò la mamma guardando il figlio seduto accanto a lei, le mani serrate tra le ginocchia e lo sguardo fisso sul pavimento.

«Si è travestito per assomigliare al maestro Giraudo, divertendosi a farsene beffe davanti a tutta la classe», continuò, serio, il preside.

«Signor Preside, non so cosa gli sia preso. Non ha mai fatto una cosa del genere.»

«Lei, signora, ha idea di dove si sia procurato quei panni?» domandò il preside, facendo cenno a Renata la bidella di mostrarle gli indumenti.

«Questo è il completo di mio marito», disse la donna. Poi, rivolta a suo figlio: «Questa volta l'hai fatta grossa. Tuo padre si infurierà». E tornò a parlare verso il preside: «Il padre lo indossa la domenica.»

«Certo», tagliò corto il preside, che si sentiva offeso dalla bravata di Renzo perché, in comune con il maestro Giraudo, aveva i capelli. «Guardi anche qui», disse porgendo alla mamma la lana con cui il bambino aveva imitato la testa di Giraudo.

«Ma questa... Questa l'hai presa da cuscini?» domandò la donna al figlio, poi gli assestò uno schiaffo sulla guancia.

«E con questa ha insultato la calvizie del maestro», proseguì il preside porgendo l'ennesimo reperto.

«Ma cos'è?» La mamma di Renzo si rigirava l'oggetto tra le dita.

«È ciò che resta di un pallone. Come vede, oltre al maestro Giraudo Renzo ha insultato anche lo sport. Se n'è fatto beffe e ha distrutto un oggetto di proprietà della scuola.»

«Lo ripagheremo», si affrettò a dire la mamma. Fece per prendere la borsa ma nella fretta l'aveva dimenticata a casa. Non sapendo cosa fare delle mani diede un altro ceffone al bambino, che si era fatto ancora più piccolo sulla sedia e respirava appena per la paura.

La sera, a casa, Renzo fu sgridato anche dal papà. Non andava bene questa cosa dei travestimenti. Non andava bene che prendesse in giro il suo maestro. Non andava bene che se ne infischiasse dei suoi genitori, mettendoli in ridicolo davanti al preside e al quartiere. Cosa pensava, che non vedevano l'ora di diventare gli zimbelli di tutti? Poi, con il figlio che guardava inerte un punto alle sue spalle, il papà si infuriò ancora di più. Tirò fuori un'altra volta la storia di Gigliola Cinquetti a casa di Ugo. Quella era un'assurdità, era inaccettabile. Non andava bene nemmeno a Carnevale. Non andava bene in nessun caso e lui doveva togliersi quel vizio una volta per tutte, perché non si sapeva mai a cosa l'avrebbe portato. Uno comincia per scherzo e poi chissà dove finisce. La loro era una famiglia perbene. D'ora in poi sarebbe andato a giocare in oratorio. E poi il suo completo avrebbe potuto rovinarglielo, e chi glielo avrebbe ricomprato?

Giovanni assisté alla scena poggiato allo stipite della porta, nascosto per metà dal corpo di sua madre, che gli accarezzava la testa e, quando la voce del padre si alzava troppo, gli tappava dolcemente le orecchie come se quel gesto riuscisse a contenere la sfuriata dentro casa.

La mattina dopo, andando a scuola con Renzo, Giovanni provò ad affrontare l'argomento.

«Perché l'hai fatto?»

«Perché è divertente.»

«Non è così divertente. Hai fatto arrabbiare tutti.»

«Io mi sono divertito.»

«Se ti diverti solo tu non è divertente. È solo molto egoista.»

«Non puoi capire», tagliò corto Renzo. Poi accelerò il passo e lasciò indietro suo fratello.

Renzo si adeguò alla volontà dei genitori. Spaventato per i rimproveri da tutte le direzioni, decise di tenere per sé la passione per i travestimenti e concentrarsi su altro. Riprese a fabbricare gli oggetti col suo libro della collana *I Quindici* e, appena ne fu capace, costruì un piccolo palcoscenico con una scatola di cartone e il fondo della torta per il compleanno di suo fratello Giovanni. Agli occhi dei suoi genitori, che ora Renzo muovesse dei pupazzetti di carta o dei soldatini su un palcoscenico improvvisato, doveva sembrare un passo verso l'inoffensività. È normale che un bambino faccia parlare i pupazzi, che male c'era se lo faceva anche lui. L'importante era che non facesse cose strane, che i suoi coetanei non facevano, e che non li mettesse in imbarazzo.

Certo le rappresentazioni che sceglieva di mettere in scena su quel piccolo palco improvvisato erano ben strane.

Il primo "spettacolo" di Renzo ebbe come pubblico i suoi genitori, suo fratello e lo zio Arturo. Dopo insistenze e preghiere, ottenne di rappresentare Pinocchio in cambio della promessa di recarsi in oratorio tutti i pomeriggi dopo i compiti.

Non gli dispiaceva andare in oratorio, tutto sommato. Don Luigi era un tipo simpatico e gli piaceva partecipare ai giochi dei bambini. Non si limitava a tirare due calci al pallone, ma si faceva inseguire, si nascondeva, sceglieva una squadra a rubabandiera invece di fare sempre l'arbitro, dava sempre ragione a uno dei due litiganti dopo averli ascoltati e aver capito chi era nel torto. Di solito i grandi preferivano separare i bambini che si azzuffavano senza starsi troppo a chiedere chi fosse il buono e chi il cattivo, ma la costanza di don Luigi nell'ascoltare le due campane gli garantì il rispetto di tutti e il ruolo di amico adulto.

Quella sera, in casa, Renzo aveva preparato tutto meglio che poteva. Come "attori" avrebbe usato delle figurine di carta fatte da lui, su cui aveva incollato degli abiti ritagliati e colorati in base alle illustrazioni del suo libro di Pinocchio. Il naso era uno stuzzicadenti, la balena un cagnolino di pezza ricoperto con un avanzo di tessuto blu che gli aveva dato sua madre. Geppetto era il san Giuseppe del presepio travestito con un costume sempre di carta (il padre aveva storto il naso) e la fatina era Maria.

I suoi genitori non lo capivano, e a quell'età neanche Renzo stesso, ma il brivido più grande per lui, il lato più divertente di quella messinscena, era proprio travestire due personaggi sacri da abitanti di un altro mondo, un'altra dimensione.

Renzo era sopra il minuscolo palco, nella penombra della stanza che aveva richiesto per simulare il teatro, muoveva quei piccoli fantocci con le manine e ne improvvisava le battute in base a ciò che ricordava del suo libro. Non aveva scritto nulla, non ne era ancora in grado, ma andando a memoria riusciva a fargli annunciare ciò che stavano per fare. La trama era un po' confusa e piena di buchi, i dialoghi un po' ripetitivi (i personaggi esordivano sempre con «Allora io...»), ma lo spettacolo andò bene.

Più tardi lo zio Arturo gli portò un pasticcino. La Marcella del bar gliene aveva regalato un sacchetto, erano di qualche giorno prima ma ancora buoni, anche se la crema aveva preso una sfumatura grigiastra. Renzo lo buttò giù in un boccone e lo zio gli accarezzò la testa.

«Bravo, bello spettacolo. Quando ero bambino anch'io leggevo sempre *Pinocchio*.» Poi scoppiò a ridere.

«Che c'è?» chiese Renzo, interdetto.

Lo zio gli indicava la testa e rideva. Allora si avvicinò Giovanni e cominciò a ridere anche lui. Poi la mamma. Il papà, invece, sorrideva dalla poltrona.

«Sembri un unicorno», disse lo zio, prendendolo per mano. Lo portò fino allo specchio appeso accanto alla porta della cucina, poi lo sollevò in braccio e ce lo mise davanti.

Con le mani sporche di crema, lo zio gli aveva fatto uno strano ciuffo, dritto e appuntito, che partiva da sopra la fronte e si alzava per qualche centimetro.

«Attento, con questo rischi di infilzare qualcuno», continuò lo zio, prendendolo in giro.

Renzo vide il proprio riflesso nel vetro macchiato, con quel grumo di crema che gli teneva su una ciocca di capelli proprio al centro dell'attaccatura, e gli sembrò che gli stesse proprio bene. Lo rendeva unico, diverso, era buffo ma anche molto serio. Gli parve che lo facesse diventare qualcun altro, ma non qualche personaggio reale o di un libro o un fumetto. No, qualcuno che non c'era ancora e che poteva essere proprio lui. E la cosa non gli dispiacque affatto. Anzi, gli piaceva proprio. Un sacco.

SEI

Le giornate a scuola erano diventate noiose e pericolose. Studiava perché doveva studiare, giusto il necessario per non farsi convocare di nuovo dal preside o perché il maestro Giraudo non dovesse lamentarsi con i suoi genitori.

Quindi su quel fronte era tranquillo. Forse troppo tranquillo: in classe gli veniva sonno e un paio di volte era dovuto correre in bagno con una scusa per sciacquarsi la faccia. Era necessario che non lo sgridassero mai. Doveva passare del tutto inosservato.

Ma fuori dalla scuola cambiava tutto. In casa continuava a studiare i suoi libri della collana *I Quindici* e a costruire oggetti, disegnare personaggi e ritagliare abiti da fargli indossare nei suoi spettacoli. Spettacoli che ormai metteva in scena per se stesso, o al massimo per suo fratello, che però si annoiava e dopo un po' lo lasciava finire da solo per andare fuori a giocare.

Un giorno, in parrocchia, Renzo provò a parare il tiro da lontano di un bambino, ma la palla gli finì in faccia e lui in lacrime. Gli uscì anche un po' di sangue dal naso, e la cosa lo spaventò molto. Per consolarlo, don Luigi gli insegnò un trucco magico. Gli disse che aveva fatto la stessa cosa con Ugo, tempo prima, e la magia gli aveva fatto passare il dolore. «E non solo! Non vedi ora com'è contento, Ugo? Grazie alle magie che gli ho insegnato, non lo prendono più in giro a scuola. Se ti comporterai bene e sarai bravo a scuola te ne insegnerò una al mese. Guarda qui», disse, e gli mostrò il trucco dell'acqua sospesa nel bicchiere.

A casa, quella sera, Renzo annunciò che doveva sbrigare qualcosa che gli aveva chiesto don Luigi. I genitori lo lasciarono fare, se c'era di mezzo il parroco non poteva esserci nulla di male. E così lui si mise al lavoro in camera sua. Con un po' di plastica e un taglierino, e il bicchiere che usava quando si svegliava da un incubo con la bocca riarsa, preparò tutto l'occorrente per esibirsi davanti a suo fratello. Quella notte ci sarebbe stato il suo primo spettacolo di magia e suo fratello sarebbe rimasto con un palmo di naso.

Ma non andò proprio così. Senza annunciare il trucco, Renzo svegliò Giovanni che già sonnecchiava arrotolato nelle lenzuola e gli chiese se aveva sete.

«No», fece lui, rinfilando la testa nel suo bozzolo di cotone.

«Io sì», non si diede per vinto il bambino. «Uh, guarda un po' che strano bicchiere…»

Giovanni si girò e vide che Renzo aveva rovesciato un bicchiere pieno d'acqua su un foglio di carta. Saltò subito a sedere: «Attento! Cosa fai?»

«È una magia! Sei pronto? Uno… due… e tre!» esclamò Renzo facendo scivolare il foglio sotto al bicchiere più veloce che poteva. Solo che nella foga si portò appresso anche il cerchio di plastica che aveva preparato durante la cena e l'acqua si rovesciò sul cuscino di Giovanni.

«Ma cosa fai!» si alzò subito il bambino, mettendosi a strepitare e dare calci in direzione di Renzo.

Si misero a litigare e a gridare, finché il papà non piombò in camera loro e gli ordinò di fare silenzio.

«Che sta succedendo qui?»

«Renzo mi ha bagnato il cuscino!»

Le spiegazioni furono più confuse del trucco magico di Renzo, ma la conclusione fu chiara: uno scapaccione per il prestidigitatore improvvisato e una notte nel lettone con mamma e papà per Giovanni. Lenzuola di ricambio non ce n'erano.

Renzo non riuscì a prendere sonno quella notte. Non si era allenato abbastanza, era stato precipitoso. Ma la prossima volta doveva essere quella giusta: si sarebbe esibito per i suoi compagni a scuola.

Dopo un paio di giorni di tentativi in gran segreto, chiuso in bagno o in camera sua mentre il fratello era giù nel cortile condominiale a graffiarsi gomiti e ginocchia in quel deposito a cielo aperto di cemento e ghiaia, tra polvere e schiamazzi, Renzo era riuscito a eseguire il trucco cinque volte di seguito senza errori. Ormai era pronto.

Difatti la mattina seguente, un soffocante giovedì in cui ampie schiarite tiepide si alternavano alla torrenziale pioggia estiva, Renzo si presentò alla ricreazione con l'occorrente per la sua magia. I compagni erano bloccati in classe da un altro temporale, tanto improvviso quanto violento, ed erano assiepati intorno alle tre finestre dell'aula ad ammirare i raggi del sole che trafiggevano un muro di pioggia che pareva nebbia per quanto cadeva fitta.

Il maestro era uscito dall'aula per aiutare i bidelli a portare in salvo i bambini che erano rimasti bloccati dalla pioggia sotto all'unico albero del cortile. Quale occasione migliore per Renzo?

Fece qualche passo verso la cattedra e salì il piccolo gradino che la alzava di qualche centimetro sopra i banchi. Poi attirò l'attenzione dei compagni e mostrò loro il bicchiere pieno d'acqua. Ci poggiò sopra il foglio su cui aveva attaccato il tappo di plastica e poi, con un gesto fulmineo, rovesciò il bicchiere. La carta ora era alla base, ma l'acqua non colava giù! E non inzuppava nemmeno il foglio! I compagni erano ipnotizzati. Cosa stava succedendo? Renzo cominciò a strofinare la base sul bicchiere e a fare piccoli movimenti rotatori in modo da incastrare il tappo circolare di plastica all'interno del bordo di vetro. Ora aveva gli occhi di tutti puntati su di sé. Vide Ugo in fondo alla classe con la bocca semiaperta. In un angolo periferico scorse il maestro Giraudo in piedi sull'uscio dell'aula. Era a pochi istanti dal colpo di scena. Lo scroscio della pioggia imitava un applauso, mentre il fiato sospeso dei compagni sembrava preannunciare qualcosa di ancor più potente del temporale. Renzo percepiva un tuono in arrivo, uno di quelli che fanno tremare i vetri e zittiscono la televisione, che risuonano come martellate sulle automobili e hanno il suono di milioni di vetri infranti. Fu allora, proprio all'acme, quando nulla avrebbe potuto trattenere ancora la sua mano, che sfilò il foglio e rimase col bicchiere rovesciato in mano. Il braccio del maestro Giraudo bloccato a mezz'aria mentre lo allungava verso Renzo per bloccare lui, o almeno per fermare l'acqua che si sarebbe riversata sulla cattedra infradiciando il registro, la sua copia de *La Stampa*, la stilografica che gli aveva regalato sua madre. I volti dei compagni come decine di statue di cera, pronti a un peggio che tutto sommato auspicavano. Quanto sarebbe stato divertente vedere quel centro di autorità inondato d'acqua, e poi assistere ai rimproveri a Renzo, quel ragazzino goffo che sapeva solo rendersi ridicolo e non ne faceva una giusta. Fu un istante lunghissimo, accompagnato dal più lungo dei tuoni. Renzo sfilò con un scatto drammatico e al rallentatore il foglio da sotto il bicchiere.

Ma non ne uscì una sola goccia. E Renzo, stupito come se alla magia avesse assistito anziché metterla in scena, fece un rapido inchino, ringraziò tutti e scese dalla cattedra come nulla fosse.

Quando raccontò tutto a don Luigi, mangiandosi le parole per la foga, il prete gli fece i complimenti.

«Sono stato bravissimo!» esclamò, ancora eccitato dalla sua impresa.

«Bravo, Renzo. Allora oggi ti insegnerò un trucco con le carte.»

«Evviva!»

Il sacerdote si girò e prese un mazzo e cominciò lentamente a mischiarlo.

«Sceglìne una», gli disse.

Proprio in quel momento si aprì la porta. Ugo rivolse a Renzo uno sguardo pieno di rabbia. Poi, rivolgendosi a don Luigi, disse «Padre ma oggi non toccava a me?»

«Mi dispiace, Ugo, me ne ero completamente dimenticato. Ti dispiace se ci vediamo un altro giorno?»

Ugo sbuffò e se ne andò sbattendo la porta.

Nel frattempo Renzo, incuriosito, aveva preso il mazzo di carte e si era accorto che era composto da quaranta assi di bastoni. E si ricordò del pomeriggio passato con Ugo. Pensare che era successo solo pochi mesi prima.

«Accidenti!» esclamò don Luigi vedendo Renzo con le carte in mano. «Hai scoperto il trucco! Inutile che continuiamo qui, accompagnami nell'altra stanza che mi devo cambiare.»

Renzo lo seguì come un'ombra dal cortile verso la sagrestia. La messa era finita e ora doveva togliersi l'abito per rimettere la semplice tunica nera con cui riceveva i fedeli la domenica.

«Mi dai una mano?» gli chiese don Luigi.

Il bambino prendeva gli abiti che gli passava il sacerdote e li piegava come poteva prima di riporli sulla piccola cassapanca.

Quando don Luigi ebbe infilato la tunica, fingendo di ascoltare per la terza volta la cronaca dell'impresa di Renzo, si voltò verso di lui deciso ad accontentarlo: gli avrebbe insegnato un altro trucco magico al più presto. Anche la prossima settimana, se proprio ci teneva. Qualunque cosa purché la smettesse di parlare. Ma quando si voltò verso il bambino, quella creatura travolta da un entusiasmo che lui, sacerdote cinquantenne nella più deprimente delle periferie torinesi, aveva ormai accantonato se non proprio dimenticato, se lo trovò davanti tutto sorridente nei suoi panni. Cioè proprio nei *suoi*. Zitto zitto si era infilato l'abito talare, grande il doppio di lui, e ora era lì che lo fissava, tutto soddisfatto, e cominciava a recitare il Padre Nostro con lo stesso tono piano con cui lui lo pronunciava a messa, a metà tra una canzone e una cantilena.

«Sono don Luigi!» esclamò Renzo. Ma stavolta nessuno lo prese per l'orecchio né gli allentò un ceffone.

SECONDA PARTE
La vocazione

UNO

Renzo adesso andava alle medie: stesso edificio ma piani diversi (dal primo al secondo), nuovi insegnanti e classi con meno studenti (dai 45 della quinta elementare ai 40 della prima media, poi giù fino ai 37 della seconda). Aveva un banco tutto per sé, l'ultimo in fondo a destra, vicino all'armadietto con i libri di narrativa per ragazzi che nessuno toccava mai. I ragazzini si erano appaiati dal primo giorno seguendo simpatie e inclinazioni e studiando attentamente la posizione rispetto alla cattedra. Con Renzo non voleva stare nessuno, ed essendo dispari lui si era ritrovato in un piacevole isolamento laggiù. Nessuno faceva caso ai vantaggi che comportava quel posto: lontano dalle finestre, godeva di meno ore di sole diretto pur essendo vicino all'unico calorifero dell'aula; gli ultimi lembi della spessa tenda di cotone gli permettevano di nascondere gli oggetti ingombranti che a volte si portava a scuola per i trucchi che avrebbe provato con don Luigi nel pomeriggio; la distanza dalla cattedra era tale che Renzo riusciva a schivare le interrogazioni sfruttando la miopia degli insegnanti.

Ugo, invece, era finito al primo banco. Sempre con la mano alzata, si offriva volontario per ogni cosa. Il suo percorso scolastico aveva preso una piega da secchione che Renzo non aveva previsto. I loro rapporti si erano raffreddati fino a spegnersi, e si erano rifugiati in due mondi diversi: quello dei libri per Ugo, quello della magia in parrocchia per Renzo.

Ma la loro amicizia non era l'unica cosa a essere cambiata. Il padre di Ugo era riuscito a imporsi come nuovo ricco del quartiere. La sua piccola azienda di ricambi meccanici era diventata una media azienda, permettendo così alla sua famiglia di buttarsi alle spalle le pile di cambiali e affermarsi come benestante. E come molti benestanti di quegli anni, lui e i suoi ci tenevano a che tutti ne fossero al corrente. E quale modo migliore di ostentare ricchezza che *non* trasferire Ugo in una costosa scuola privata, magari in centro, ma lasciarlo a frequentare, almeno per i tre anni di scuole medie, la stessa, scalcinata scuola pubblica in cui aveva fatto le elementari?

Dunque Ugo secchione ricco e Renzo disadattato umile. Stessa classe ma agli antipodi dell'aula. Diversi in tutto, anche nella magia. Renzo provava di nascosto nuovi travestimenti e con don Luigi inventava trucchi sempre nuovi di magia; mentre Ugo, attingendo alle finanze del padre, non faceva che comprare e farsi costruire accessori sempre più complicati per stupire gli amici.

Tuttavia nonostante i soldi, Ugo guardava a Renzo con una punta di invidia. In oratorio era ammirato per la sua abilità con i trucchi magici e per il rapporto privilegiato con don Luigi, con cui passava molto tempo a studiare. Certo, per ottenere quel trattamento di favore doveva dedicarsi al Vangelo il doppio degli altri. Era sempre Renzo il primo a leggere la domenica in chiesa, davanti a una folla gremita che imparava a ricordare il suo nome e ad associarlo a virtù e dedizione. Però doveva fermarsi più degli altri bambini a rimettere a posto i palloni e le corde, doveva aiutare don Luigi e il diacono a passare il rullo sul campetto di calcio per appianare la terra, doveva anche fare il figurante accanto al sacerdote quando convinceva dei nuovi arrivati nel quartiere a frequentare la chiesa e a mandare i figli a catechismo.

Era diventata un'abitudine che don Luigi, alla fine dell'ora settimanale di catechismo, permettesse a Renzo di esibirsi in qualche trucco magico. Il suo cavallo di battaglia era il classico trucco della corda, che ormai eseguiva con una tale naturalezza da sembrare un professionista e in cui era riuscito a inserire alcune varianti per non perdere l'interesse del pubblico e per unire l'esibizione al catechismo vero e proprio: a volte, invece delle formule magiche "Sim salabim" o "Abracadabra", dopo aver tagliato la corda recitava il primo verso di una preghiera e non mostrava agli altri che la corda era ancora tutta intera finché i bambini non la concludevano. Don Luigi era molto orgoglioso di lui per questa trovata, sebbene evitasse di dimostrarlo con troppo entusiasmo perché temeva che il bambino, che già dava segnali di spiccato protagonismo, si montasse troppo la testa.

Ugo assisteva ai piccoli show di Renzo con un certo fastidio. Lo irritava che Renzo, un suo ex amico e compagno di giochi, fosse riuscito a trovare un modo per sfuggire al suo destino di vittima. In parrocchia, diversamente che a scuola, Renzo godeva di rispetto e di una qualche forma di ammirazione. E così cresceva l'invidia, e assieme all'invidia un'ostilità sempre più difficile da arginare. L'unico modo che aveva di vincere quello scontro immaginario con Renzo era sfidarlo sul suo stesso terreno: la magia.

Quella domenica, all'uscita dalla funzione, i fedeli trovarono un cartellone davanti alla chiesa, che li invitava a uno spettacolo di magia che si sarebbe svolto di lì a poco nello spiazzo dell'oratorio. Alcuni notarono, in un cantiere che quella mattina non c'era ancora, una gru spostarsi dietro al campanile.

In oratorio era stato montato un palchetto, sul quale Ugo esordì: «Signore e signori, benvenuti al più grande spettacolo di magia di tutto il mondo! Oggi assisterete alla prima esibizione del grande RAGAZZO VOLANTE!»

Il signor Ferretti, papà di Ugo, lanciò l'applauso e tutti gli astanti, nonostante fossero scettici, lo imitarono.

Ugo fece un balzo e si ritrovò sospeso a circa un metro da terra.

«Ecco l'Ugo Volante non identificato! Sempre più in alto!» ed effettivamente si librò un metro più in su. «Ancora più in alto!» ed ecco un altro metro. «A destra!» e a quel punto il pubblico vide la gru muoversi verso destra di tanto quanto si spostava l'Ugo Volante.

Il trucco fu chiaro a tutti, e divenne ancora più evidente quando un gabbiano, volando, sbatté pericolosamente contro il filo invisibile, facendo dondolare Ugo fino a sfiorare il muro del campanile. Tanto che il signor Ferretti, da sotto, urlò: «O Madonna santissima!»

Ma l'addetto alla gru fu abbastanza svelto da salvargli l'osso del collo. Ugo fu calato piano piano tra le braccia dei genitori mentre, per lo spavento, si faceva un gran pianto.

DUE

Come un fulmine a ciel sereno arrivò un telegramma dagli zii in Puglia. La nonna era morta. Si era spenta così, da un momento all'altro, girando il ragù con il cucchiaio di legno. La zia Concetta l'aveva trovata dopo un po', con la faccia poggiata alla pentola bollente. La pelle tutta gonfia per il calore e il vapore, e un segno rosso di pomodoro sul collo che non si riusciva a togliere.

Il papà di Renzo commentò che non sarebbe potuto essere altrimenti. Era sua madre, chi la conosceva meglio di lui. Gli stessi Renzo e Giovanni, quando la nonna era salita fino a Torino con gli zii per una settimana di "vacanza", avevano visto che per lei il ragù era un'ossessione: passò sette giorni in cucina. Per tenerlo d'occhio anche la notte dormiva sul divano, usando la borsa coi panni di ricambio come cuscino e il cappotto come coperta. A nulla erano valse le insistenze della mamma di Renzo a che dormisse nel loro letto, gliel'avrebbero ceduto volentieri.

Ma Giovanni e Renzo si sentivano in colpa perché

non riuscivano a dispiacersi troppo per la morte di nonna Pia, e la virile freddezza con cui il padre aveva accolto la notizia non gli permetteva di emozionarsi con lui e interpretare il ruolo di nipoti disperati che la mamma avrebbe auspicato.

Ma il punto è che i genitori di Renzo e Giovanni erano attesi in Puglia per i funerali. E, con grande sorpresa di tutti, compresi loro stessi, decisero di andarci.

Annunciarono ai figli che sarebbero partiti l'indomani mattina in corriera, e che loro due sarebbero stati per qualche giorno in casa dello zio Arturo. Che gioia per loro la prospettiva di passare tanto tempo con lo zio. Allegro e permissivo com'era, li avrebbe di certo fatti divertire. Renzo già pregustava le serate passate a stupirlo con i trucchi che gli aveva insegnato don Luigi, mentre Giovanni sperava che l'avrebbe portato con sé al bar a giocare al calcio balilla, cosa che gli era severamente vietata da sua madre perché «Quel postaccio è mal frequentato. Dio solo sa cosa ci trovi tuo zio in quella banda di scioperati».

Lo zio Arturo andò a prenderli a scuola. Si era assentato dal lavoro con la scusa che doveva prendersi cura dei nipoti. Ormai erano grandi, uno in terza e l'altro in seconda media, e questo lo sapevano tutti, perciò il capo lasciò andar via Arturo in anticipo grugnendo di fastidio.

Ma le speranze di Giovanni di passare dal bar della Marcella furono subito frustrate: «Niente da fare. Si va a casa. Vostra madre mi ammazzerebbe».

«Ti prego, zio! Non glielo diciamo!»

«Voi non glielo dite ma lo farà qualcun altro. Non si discute. Andiamo a casa.»

Giovanni si lagnò un altro po' mentre Renzo gongolava: voleva andarci subito, a casa dello zio. Del bar non gli importava nulla: tutto quel fumo, quella gente sporca che gridava per un nonnulla, la Marcella che gridava ancora più forte per farli stare zitti, la radio sempre accesa sulle stazioni che davano musica americana. No, grazie. Nella cartella della scuola Renzo aveva pronto l'occorrente per un paio di trucchi che avrebbero travolto lo zio.

«Ma tu perché non sei andato al funerale della nonna?» indagò Giovanni, ancora indispettito per il calcio balilla sfumato.

«E con voi chi ci stava, poi?»

«Ma era tua mamma», insisté Giovanni.

«Eh», fece lui. «Non serve andare ai funerali per ricordarsi le persone.»

Arrivati a casa lo zio ebbe subito "un'urgenza". La passeggiata coi nipoti doveva averlo spossato, perciò uscì con la scusa di andare a comprare la merenda. Chiese ai due cosa volessero (pizza!) e corse fuori, diretto, anziché dal fornaio, verso il bar della Marcella.

In casa non c'era molto con cui intrattenersi. L'appartamento era piccolo e spartano. L'altra stanza della casa era una specie di deposito in cui Arturo ammassava cianfrusaglie meccaniche, attrezzi, borse e borsoni sporchi di grasso. Per il resto l'appartamento era essenziale: c'era una grossa cucina, un bagno e la camera da letto. Avendo poco da esplorare, i due si diressero subito lì.

Sul comodino, una specie di cubo di legno compensato tenuto in piedi da un mattone in verticale, c'era una copia di una rivista con la foto di una ragazza in topless.

Giovanni si mise subito a sfogliare la rivista mentre Renzo rovistava nell'armadio.

Non ci poteva credere: nell'armadio c'erano tutte le divise usate dallo zio nei vari lavori che aveva fatto. Il vizio del bere aveva reso la sua vita lavorativa molto dinamica: perdeva un impiego e subito si riciclava in qualcos'altro. Era stato un pessimo spazzino, un vigile urbano assenteista e troppo permissivo, un autista d'autobus che non conosceva i percorsi e un lentissimo postino. Aveva lavorato anche in una fattoria come mungitore e in una fabbrica come stringitore di bulloni. E tutte le divise e le tute della sua avventurosa carriera erano lì, conservate l'una accanto all'altra, ordinatamente nell'armadio.

Gli sembrava uno spreco. Cosa se ne faceva lo zio Arturo di tutti quei capi? Perché non li aveva donati in parrocchia per i poveri? Perché non li aveva buttati? Chiunque avrebbe fatto così. Certo, non Renzo. Lui li avrebbe tenuti, eccome.

«Guarda qua», gli si avvicinò Giovanni con la rivista in mano e uno sguardo frastornato.

Renzo abbassò gli occhi sul seno della ragazza, poi sulla parte inferiore del costume da bagno, infine sulla spiaggia alle sue spalle.

«Chissà dov'è», disse.

«Dov'è cosa? Guarda qui!» insisté Giovanni puntando il dito tremante sotto al volto della donna.

«Eh. Ho visto.»

Giovanni sbuffò e tornò a sedersi sul letto dello zio. Si guardò intorno come se d'un tratto temesse di essere spiato.

«L'armadio è pieno di costumi!» disse Renzo.

«Uhm...» farfugliò il fratello, gli occhi fissi sulla foto della rivista.

«Perché non li ha dati via?»

Giovanni annunciò di dover andare in bagno e sparì nel buio disimpegno che faceva anche da ingresso.

Quando, cinque minuti dopo, tornò in camera da letto, con un lembo della rivista che gli spuntava da sotto la maglietta, trovò Renzo vestito da operaio che maneggiava il mattone che reggeva il comodino.

«Ma che stai facendo?» gli bisbigliò in preda al panico.

«Voglio vedere come mi sta.»

«Toglitelo subito!»

«Aspetta...» rispose Renzo, al quale scivolò di mano il mattone andando a sfiorare il piede di Giovanni.

«Potrebbe rientrare lo zio! Toglitelo ho detto!»

Ma Renzo non ascoltava. Dopo essersi sfilato rapidamente la tuta, adesso si stava mettendo la divisa da vigile urbano, con tanto di casco e tutto il resto.

«Mi sta larghissimo!» commentò Renzo guardandosi allo specchio. Si strinse il cinturone bianco in vita per tenere su i pantaloni. Poi annusò una manica della giacca: «Puzza di grappa.»

«Renzo guarda che te le do», lo minacciò Giovanni.

«Non mi fai paura, sono un pubblico ufficiale!» ribatté, sprezzante, Renzo. Poi colse l'immagine di se stesso nello specchio, vestito come un *civich*, pronto a multare suo fratello, e gli venne da ridere.

Lo zio Arturo era tornato a casa un'ora dopo, il viso più rosso del solito e gli occhi lucidi. Si era presentato con alcuni tramezzini e un trancio di pizza bianca grande metà del tavolo. Emanava un forte odore d'alcol a cui i due fratelli erano troppo abituati per farci caso. Per loro quello era l'odore normale dello zio, il suo dopobarba.

«Don Luigi mi insegna un sacco di magie in oratorio», disse Renzo ad Arturo, masticando un tramezzino.

«Ti dirò che sei bravo quando riuscirai a far apparire abbastanza soldi da farci campare tutti.»

«Lo farò!» si esaltò subito Renzo.

«Eh, ti piacerebbe. Ma cosa vuoi fare, andare a Porta Nuova a chiedere l'elemosina?»

«Sarò il più incredibile mago del mondo!» esclamò Renzo, che di colpo aveva visualizzato una possibilità a cui lui stesso non aveva mai nemmeno pensato.

«Ascolta tuo zio. Con la magia non ci si campa. Di Mandrake ce n'è stato uno solo», concluse, e scoppiò a ridere facendosi ancora più rosso in volto.

Più tardi lo zio Arturo, con la scusa della pulizia, mandò i nipoti a fare la doccia mentre lui buttava giù l'ultima grappa della giornata. Quando i ragazzini lo raggiunsero in camera lui era già svenuto a farfalla sul letto, con la bocca aperta e una scarpa ancora al piede. La rivista era scomparsa dal comodino.

L'assenza dei genitori durò un giorno in più del previsto. Erano rimasti bloccati a Termoli per via di un guasto irreparabile alla corriera e dovettero aspettare quella del giorno seguente. Fu un viaggio della speranza. La madre raccontò a Renzo e Giovanni che suo padre aveva fatto il diavolo a quattro con entrambi gli autisti, e quando capì che avrebbe fatto più di metà del ritorno in piedi dovettero mettercisi in tre per impedirgli di picchiare il conducente.

Del funerale non fecero parola, e i figli non chiesero nulla. Non fu difficile mostrarsi affranti davanti alla mamma e al papà: dallo zio Arturo erano stati benissimo, e almeno Renzo avrebbe preferito restare da lui a oltranza.

Un pomeriggio, mentre stava giocando a ping pong, don Luigi chiamò Renzo in canonica. Renzo abbandonò la racchetta sul tavolo e accorse verso il sacerdote.

«Eccomi! Mi insegna un nuovo trucco? Cosa facciamo oggi?»

«Renzo, volevo parlarti proprio di questo. Hai visto cos'è successo l'altro giorno, in chiesa? Ugo ha rischiato di ammazzarsi, e tutto per la competizione con te. L'invidia è un sentimento orribile, è un peccato capitale, e credo che quello che è nato come un bel gioco stia rischiando di mettervi in pericolo.»

«Ma no, don Luigi! Io faccio solo…»

«Non si discute, Renzo. Ho preso la mia decisione ed è per il vostro bene. Resta qui a pensarci, se sei troppo arrabbiato.»

Renzo sembrava scosso dalle parole di don Luigi, che uscì dalla stanza – aveva un mucchio di bambini scatenati a cui correre dietro – e si chiuse pianissimo la porta alle spalle, come per non disturbare la sua concentrazione.

Renzo rimase imbambolato a riflettere per qualche minuto. Di colpo si trovava da solo. Don Luigi non gli aveva dato il supporto che si aspettava. In verità Renzo non vedeva Ugo come un nemico. La fine della loro amicizia era già stata sommersa dal tempo e da nuovi interessi. Solo, non si aspettava che parte di questi interessi fossero comuni.

Per il nervosismo si mise a passeggiare per il minuscolo ufficio di don Luigi, cioè intorno alla scrivania perché c'era davvero poco altro. Per la prima volta diede un'occhiata alla libreria alle spalle della sedia del sacerdote. Com'era prevedibile c'erano quasi solo libri a carattere religioso. Alcune copie delle Bibbie rilegate in finto oro che dava in premio ai migliori studenti del catechismo, quelli che arrivavano a fine anno senza fare assenze. Poi un paio di romanzi, tra cui *Un amore* di Dino Buzzati, che lo colpì per la copertina un po' scandalosa. In basso, sulla destra, nell'angolo vicino alla porta, nascosto in parte dall'appendiabiti su cui, d'inverno, il sacerdote appendeva il lungo cappotto nero, c'era un settore dedicato ai libri di magia. Uno, di Carlo Rossetti, Renzo lo conosceva bene perché l'aveva visto in mano a don Luigi in varie occasioni, quando sceglieva quale trucco insegnargli. Difatti non fu attratto da quello, ma da uno più piccolo, con la costina nera e gli angoli tutti rovinati, che sembrava ricoperto da una patina di polvere. Estrasse proprio quello dalla libreria, e come se fosse posseduto da uno spirito lesse il nome ad alta voce: *Leopoldo Fregoli*.

Lo sfogliò. All'interno trovò alcune vecchie foto, stampate con mezzi scadenti su una carta tanto rovinata che pareva friabile. Una donna in abiti eleganti, un anziano seduto su un trespolo, e poi una serie di figure dagli abiti stravaganti. Infine Renzo capì: erano tutti la stessa persona travestita. Il libro era la storia di un uomo che, molti anni prima, era diventato famoso per i suoi travestimenti. Renzo non riusciva a distogliere lo sguardo dalla perfezione dei suoi abiti, dalla loro complessità. Ma ancora più degli abiti, a sconvolgere Renzo fu la naturalezza con cui l'artista, Fregoli, si calava nei panni di ogni personaggio, *diventando* di volta in volta una dama, un gentiluomo, un'educanda, un poliziotto. Quel libro doveva essere suo.

TRE

La vita a Valdocco era semplice e regolare. Renzo era a suo agio con la routine perché gli permetteva di ritagliarsi spazi per i suoi interessi senza interferire con nessuno.

La mattina lui e Nicola, gli unici due studenti della quarta ginnasio, venivano svegliati a colpi di Padre Nostro e si recavano subito nella cappella per le prime preghiere e le lodi. Poi tornavano in camera, si vestivano e facevano una breve colazione prima delle lezioni. All'ora di pranzo si separavano: Nicola mangiava insieme ai seminaristi degli altri anni, Renzo si riempiva la bocca come poteva e poi tornava in camera. Quando si sentiva abbastanza sicuro, prendeva il libro di Fregoli che aveva "preso in prestito" anni prima dalla libreria di don Luigi e sognava il momento in cui sarebbe finalmente toccato a lui. Avrebbe avuto un guardaroba gigantesco. Sognava chilometri quadrati di armadi, depositi pieni di vestiti e costumi tra cui scegliere chi essere quel giorno, per quanto tempo, e con chi.

I giorni passavano scanditi da ritiri, meditazioni e lezioni. Essere in seminario significava unire allo studio normale dei liceali quello per diventare un sacerdote, perciò le sacre scritture, sì, ma non solo. I salesiani che gestivano l'istituto (e la vera e propria cittadella religiosa che lo circondava) tenevano in grande considerazione l'isolamento dal mondo, la solitudine con se stessi, ed esortavano i seminaristi a goderne il più possibile. Forse "goderne" non è la parola giusta, diciamo a immergersi.

Niente di più comodo per Renzo, che aveva bisogno di spazio per i *suoi* studi. Per il libro di Fregoli, certo, che però ormai conosceva a memoria e del quale avrebbe potuto riconoscere le foto anche bendato, ma anche per l'Enciclopedia dell'illusionismo di padre Salvatore Cimò.

Il libro di don Luigi non era l'unica cosa che Renzo aveva "preso in prestito". Nel suo armadio, oltre ai pochi abiti di ricambio, era riposta la valigia che gli avevano fornito i suoi genitori il giorno della partenza. Era l'unica valigia di proprietà della famiglia e gli era stato raccomandato di non rovinarla, sebbene non venisse mai usata da nessuno dato che quasi mai lasciavano Torino. E Renzo, per via del suo contenuto, trattava quella valigia di pelle dalla base tutta graffi e strappi alla stregua di uno scrigno magico.

I suoi vestiti erano appesi ordinatamente sulle grucce, mentre la biancheria era riposta con cura nei due cassetti in basso. Nella valigia, tuttavia, c'erano altri capi di abbigliamento, non proprio adatti a un seminarista.

Nel corso degli anni, Renzo si era impossessato di un pezzo di uniforme da lavoro a ogni visita in casa di Arturo. Arrivava allegro e pronto a giocare, usciva furtivo e con le braccia raccolte sullo stomaco per un misterioso mal di pancia. «Ho mangiato troppa pizza», diceva ogni volta, e scappava via lasciando indietro il fratello. Ma sotto alla maglietta nascondeva qualcosa. Una camicia, una giacca, degli scarponi, pantaloni, dei cappelli. E così, prestando un'attenzione maniacale a dove riponeva le cose una volta tornato in camera sua affinché né i suoi né suo fratello si accorgessero di nulla, era riuscito ad accumulare un discreto guardaroba. Però gli mancavano trucchi, parrucche, accessori, insomma tutto l'occorrente per diventare davvero un'altra persona.

Qualche volta, nel fine settimana, quando Nicola, il suo unico compagno di stanza e di corso, tornava dai suoi, Renzo aspettava il calare delle tenebre per trasformarsi. Si affacciava alla finestrella della stanza e guardava i vialetti debolmente illuminati dalla luna su cui, durante il giorno, erano passati sacerdoti, suore, persone comuni in cerca di favori o semplici consigli, e immaginava se stesso tra loro, a passeggiare per il pulitissimo parco dei salesiani, salutando qua e là, perfettamente mimetizzato.

La convivenza con Nicola era semplice. Era un ragazzo di estrazione simile alla sua, anzi gli ricordava suo fratello. Schivo, un po' impacciato, ma senza quella vena di stranezza che spiccava in Renzo. Nicola, proprio come Giovanni, riusciva a far passare la sua timidezza per riservatezza e controllo; proprio ciò che ci si aspettava dai maschi di qualunque età.

Com'era normale per dei ragazzi della loro età, soprattutto in un contesto religioso, le domande che si ponevano a vicenda avevano poco a che fare con l'eucaristia e molto con il corpo.

Un giorno Nicola prese di petto la questione con Renzo.

«Sai quando pensi alle ragazze...» esordì, di punto in bianco. «Don Tommaso ha detto che devo trasformare quei pensieri impuri in pensiero di Cristo.»

Renzo annuì, preoccupato per la piega che stava prendendo la conversazione.

«Be'», continuò Nicola, «io non ci riesco. Non sempre.»

«Uhm.»

«Tu come fai?»

«A fare cosa?»

«A spostare i pensieri sporchi su Gesù Cristo.»

«Non ho pensieri sporchi.»

Nicola rimase di stucco. «Non ci credo.»

«È la verità.»

«Mai?»

«Mai.» Renzo era troppo furbo per lasciarsi incastrare. Meglio stroncare il discorso sul nascere piuttosto che infilarsi in un vicolo cieco di domande a cui avrebbe potuto rispondere solo mentendo a tutto spiano su cose che, dopotutto, non conosceva.

«Ti ammiro...» continuò Nicola. «Anzi, se non fosse peccato dovrei dire che ti invidio.»

«Grazie», scherzò Renzo, tornando a sfogliare distrattamente il libro delle Lettere di Paolo.

«Ma sul serio non hai mai pensieri... insomma, hai capito...»

«No, Nicola, te l'ho detto. Mai. Sono qui per studiare e il resto non mi interessa. Il Signore mi ha fatto questo dono e gli sono grato nei secoli dei secoli.»

«Non essere blasfemo, adesso», si corrucciò Nicola, colpito dalle parole del compagno di stanza.

«Dai, stavo scherzando», tagliò corto Renzo. Per porre fine all'interrogatorio andò a farsi la doccia.

Quando non poté più accampare scuse andò a trovare i suoi. Avrebbe passato il fine settimana a casa, nella cameretta con suo fratello come quando erano ragazzini.

Non vedeva il padre solo da qualche settimana e già gli sembrava invecchiato. Più lento nei movimenti, pur non essendo ancora anziano gli parve stanco. Lo salutò con una strana stretta di mano. La mamma, invece, gli diede un bacio.

Giovanni lo accompagnò dallo zio Arturo, che era bloccato in casa da qualche giorno dopo un piccolo incidente sul lavoro. Si era slogato una caviglia scivolando giù da un trattore.

Lungo il tragitto, a piedi, i due fratelli passarono davanti a vari cantieri.

«Qui sta cambiando tutto», commentò Renzo.

«Eri qui fino all'altro giorno, non fare come se mancassi da una vita.»

«Basta allontanarsi poco per cominciare a notare le cose. Quando guardi da vicino non ti accorgi di nulla.»

«Uhm, sarà.»

«È così. È come per la magia. Vedi solo quello che vuoi vedere.»

Sebbene il processo fosse in atto da un po', era innegabile che il quartiere stesse cambiando. Si espandeva a vista d'occhio, l'edilizia popolare aveva stravinto e i contadini avevano perso. O meglio, si erano ritirati. Avevano alzato bandiera bianca e si erano spostati via via più a nord. Madonna di Campagna, da area in gran parte rurale in cui, come enormi funghi, erano cresciuti palazzoni grigi, ora aveva l'aspetto di molte altre zone periferiche delle città italiane. Le costruzioni si erano fatte meno povere rispetto ai tempi in cui Renzo era un bambino, ma non per questo ci avevano guadagnato in personalità. C'era qualche negozio in più, soprattutto botteghe alimentari, empori e tintorie, un po' più di asfalto, una specie di rotatoria, e un paio di fermate di una sfortunata linea d'autobus che, tuttavia, nessuno prendeva.

Il palazzo in cui abitava lo zio Arturo era invecchiato, quello sì. I balconi avevano perso metà dell'intonaco e sembravano tutti sul punto di crollare sui passanti. Il colore, da grigio chiaro, ora era zebrato di smog e percorso all'esterno da cavi elettrici come vene varicose. Di una bruttezza rara, sembrava l'ultimo palazzo scampato a un bombardamento.

Giovanni aveva le chiavi di casa perché lo zio non poteva muoversi e passava le giornate in poltrona. Per andare in bagno gli ci volevano dieci minuti, e altrettanti per tornare indietro, perciò anziché mettercene venti per raggiungere il letto preferiva dormire lì.

La visita dei nipoti mise Arturo di buon umore. Non era il tipo a cui piaceva poltrire in casa, e poi gli mancavano gli amici del bar e le chiacchiere con loro. Le chiacchiere coi nipoti non potevano competere, erano troppo giovani e il suo ruolo di zio gli imponeva un certo contegno, perciò per rompere un po' il ghiaccio chiese a Giovanni, che era più grande, di fare un salto dalla Marcella a prendergli qualcosa da bere. Gli diede qualche spiccio e lui partì.

Ma era solo un pretesto. Arturo voleva restare da solo con Renzo per parlargli di una cosa che gli stava a cuore.

«Come va dai salesiani?»

«Abbastanza bene. Si studia molto.»

«Si studia e basta?» La voce dello zio si era fatta d'un tratto più secca.

«Sì...»

«Ascolta. So che hai preso tu i miei vestiti.»

Renzo rabbrividì e fece uno scatto per alzarsi.

«Stai calmo. Non ho detto nulla ai tuoi.»

Seguì un silenzio piuttosto pesante.

«Non dovresti usarli. Quando ho perso il mio sesto lavoro, quello da autista, mi sono perso con l'autobus e sono finito con due ruote nel fosso in aperta campagna. Sono venuti a prendermi col carro attrezzi e poi mi hanno licenziato lì, su due piedi, e dall'officina sono tornato a casa con quello che avevo indosso. La tengo come ricordo, ma non è che ci posso andare in giro! Sarebbe millantato credito. È anche un reato, nel caso della divisa da vigile urbano – l'ottavo lavoro. Ma non farmi ricordare quel tamponamento a catena.»

A Renzo non usciva un fiato di voce. La gola gli si era chiusa come un'ostrica.

«Perché li hai presi?» Lo zio provò a tirarsi su e sporse il busto verso Renzo, che subito si ritrasse verso lo schienale della sedia.

«Non… lo so.»

«Renzo», si innervosì Arturo, «vorrei che me li restituissi.»

«Va bene.»

«Se me li ridai non dirò nulla a tuo padre. Né a tua madre. Ma so che non è la prima volta che fai una cosa del genere.»

«Non è come pensi», provò a ribattere Renzo, ma non sapeva neanche lui cosa volesse dire.

«Rischi di metterti nei guai.»

In quell'istante rientrò Giovanni. Portava una bottiglietta di Coca-Cola piena di un liquido trasparente. La teneva tappata con un dito.

Al momento dei saluti lo zio promise a Renzo che appena si fosse rimesso in piedi sarebbe andato a trovarlo a Valdocco. Gli fece l'occhiolino ma senza troppa convinzione, difatti Renzo non si sentì affatto sollevato.

QUATTRO

Lo zio Arturo non andò mai a Valdocco a trovare Renzo. Forse anche lui era in imbarazzo, oppure era semplicemente troppo impegnato a gozzovigliare al bar della Marcella.

In compenso ci andò Giovanni, che approfittò dell'occasione per presentare Silvia, la sua ragazza, al fratello. Gliel'aveva annunciato al telefono, tutto orgoglioso ma anche in imbarazzo, con una voce elettrica che Renzo non aveva mai sentito.

Nel giro di qualche giorno era comparso sul sagrato del santuario di Maria Ausiliatrice, dove si erano dati appuntamento per una passeggiata. Faceva freddo, aveva nevicato per una settimana di fila e le strade erano trappole mortali. Renzo e Nicola, dalla finestra della loro stanza, tenevano il conto delle suore che vedevano scivolare, rotolare e poi sparire nei mucchi di neve. Alcune, le più sfortunate, dopo essere riuscite a evitare di sprofondare nei cumuli bianchi aggrappandosi l'una al braccio dell'altra, finivano per pattinare sul ghiaccio fino a scontrarsi contro un pino. Renzo aveva imparato a camminare in quel labirinto candido e viscido, quindi per tutta la passeggiata dovette sostenere suo fratello e la ragazza.

Il carattere di Silvia era il contrario di quello di Giovanni. Tanto lui era taciturno e trattenuto, tanto lei era gioviale. Sembrava una di quelle ragazze che si vedevano in televisione nei servizi sui Beatles che si strappavano i capelli e piangevano disperate per l'emozione di vedere i loro idoli. Solo che Silvia, anziché piangere, con quella stessa foga primordiale rideva. Era una compagna di scuola di Giovanni.

Lei e Renzo non avevano molto da dirsi. Per gran parte del tempo commentarono quanto fosse difficile camminare nel parco con tutta quella neve – Renzo offrendole un appoggio col braccio e lei ridendo così forte da far cadere mucchietti bianchi e ghiacciati dai rami.

«Chissà se con la voce riesci anche a scioglierla», scherzò Renzo.

Giovanni si corrucciò subito, offeso, mentre Silvia lo prese alla lettera e si mise a urlare più forte che poteva. Renzo si tappò le orecchie e poi rise con lei.

Suo fratello se ne accorse e gliela fece subito pagare tirandogli una palla di neve. Lo mancò.

«Giovanni, smettila con le palle di neve. Ti faccio vedere io un bel gioco.»

Renzo spianò con l'avambraccio un quadrato di

neve e cominciò a disegnarci con le dita. Creò la facciata del santuario di Valdocco e accanto ci mise il suo viso, completo di ciuffo che svirgolò con il dito, come un grande artista col pennello.

«Ma disegni benissimo!» gridò Silvia, scoppiando in una fragorosa risata.

«Eh sì, sei proprio bravo», aggiunse Giovanni.

«Sto imparando sempre più trucchi. So disegnare anche con la sabbia. Ma voglio farvene un altro, molto più complicato, però non posso farlo qui al freddo e al gelo. Facciamo così, aspettatemi al bar giù in piazza. Io intanto vado a prendere le cose che mi servono e vi raggiungo lì.»

Renzo corse in camera a recuperare i soldi che aveva messo da parte risparmiando su quelli che gli passavano i genitori per il mese. Con quel piccolo gruzzolo si fiondò nel più vicino negozio di abbigliamento, Moda Market per Lui e per Lei, che per fortuna, nonostante la neve, era aperto.

Renzo afferrò un commesso e gli disse, tutto trafelato «Buongiorno. Avrei bisogno di un completo da uomo e un tailleur femminile. Presto!»

«Che taglie?»

«Quello da uomo mi serve della taglia più grande che ha. Mentre il tailleur è per mia madre.»

«Ma che taglia ha sua madre?»

«Eh, più o meno la mia. Mi dia quello laggiù,

quello giallo pastello, e quel completo grigio lì, con la cravatta.»

«Taglia massima?»

«Sì sì. Mio padre è enorme. La prego, si sbrighi.»

Renzo pagò in fretta e, infilati i vestiti nel suo borsone logoro, si fiondò verso il luogo dell'appuntamento.

Giovanni e Silvia presero cappuccino e brioche nell'unico bar aperto del quartiere Aurora. La neve aveva bloccato gran parte delle attività cittadine e giusto il signor Salvatore aveva avuto la forza di svegliarsi ogni mattina alle quattro per spalare l'ingresso del bar. Difatti i due ragazzi erano gli unici clienti, a parte un beone che dava l'idea di dormire da chissà quanti giorni con la faccia sul bancone.

Col riscaldamento spento il cappuccino si freddò in pochi minuti. In alto, vicino a un piccolo televisore spento, c'era una stufetta che spingeva fuori aria tiepida.

Ma ecco un altro cliente. Una signora, abbastanza alta e slanciata, si era appena chiusa la porta alle spalle, tutta intabarrata in uno scialle beige. Poggiò in terra una borsa gonfia e dall'aspetto piuttosto pesante. Portava dei grossi occhiali da sole e quando si sfilò il pastrano nero rivelò un elegantissimo tailleur giallo pastello con le maniche all'altezza del gomito. Sotto, delle calze spesse, invernali, utili a proteggerla dal freddo. Come scarpe, però la donna aveva un modello estivo che fece sobbalzare Silvia e dire a

Giovanni: «Ma non le si ghiacciano i piedi?» per poi iniziare a sghignazzare.

La donna si avvicinò al bancone e chiese un caffè.

«Le brioche sono fresche, signora», disse il barista porgendole la tazzina fumante.

«Non ho fame, grazie. Il freddo mi chiude lo stomaco.»

La voce della donna ne tradiva le origini: bassa e un po' roca ma dalla pronuncia perfetta e chiara, doveva trattarsi di una signora benestante. Forse frequentava il Cottolengo lì vicino, erano molte le signore bene che ci facevano volontariato.

«Dalle mie parti si dice: *dopu Natali... lu friddu e la fami!*»

Cosa ci faceva una donna del genere in un bar scalcinato come quello? Con quel tempaccio, per giunta.

Si mise a parlare con Salvatore dei figli, due maschi indemoniati, che erano rimasti in casa con la governante perché erano raffreddati. La notte avevano fatto un inferno, e chi era riuscito a dormire? Se l'erano attaccato a vicenda, coi bambini è un disastro, uno li manda nelle scuole buone e quelli non accendono i riscaldamenti neanche quando nevica, poi se ne ammala uno ed è una reazione a catena, muco a pioggia. Il barista rideva mentre la donna, che prima si era messa ad agitare le mani in aria per l'indignazione e poi se n'era messa una a coppetta sul petto, adesso aveva preso un tovagliolo di carta e lo passava a un figlio immaginario con la bocca a culo di gallina e il nasino arricciato dicendo «Tieni, tesoro, soffiati il naso da solo». Salvatore sembrava apprezzare enormemente l'umorismo della signora. Ma non era l'unica cosa che faceva venire in mente. Giovanni aveva l'impressione di conoscerla. Forse era comparsa in qualche rivista? O alla televisione?

Intanto Renzo non arrivava. Giovanni e Silvia avevano finito di raccogliere le briciole di pasta sfoglia dai piattini e di sorseggiare i loro cappuccini. Gli ultimi sorsi erano stati ghiacciati.

La signora finì il caffè e andò alla toilette.

«Vada tranquilla, signora, ieri ho passato l'ammoniaca», disse Salvatore.

La donna trascinò con sé il borsone e chiuse a chiave.

«Ma tuo fratello?»

«Se non arriva entro cinque minuti ce ne andiamo.»

I cinque minuti passarono in fretta. Silvia mangiò un'altra brioche e Giovanni chiese a Salvatore se c'erano altri bar aperti in zona. Quello per tutta risposta schioccò la lingua sui denti e alzò il mento.

Entrò un nuovo cliente. Un prete, stavolta. A parte la solita veste talare piemontese e la berretta nera col fiocco, si riparava dal freddo con una grande sciarpa marrone chiaro, un po' insolita a dire il vero. L'uomo corse al bancone fregandosi le mani e alitandoci dentro.

«Buongiorno, padre», disse Salvatore. «È uscito senza cappotto con questo tempo?»

«Eh, vengo di corsa, Salvatore. Ho un appuntamento», disse il religioso con una voce profonda che portava con sé l'eco di una chiesa.

«Qui, don Michele?»

«Sì. Devo vedere una signora per parlare del seminario dei figli. Quella vuole mandarceli a otto anni, che assurdità. Siamo nel Novecento! Meglio incontrarci qui che da noi, visto che devo dissuaderla.»

«C'è una signora che è andata alla toilette proprio adesso. Non sarà mica lei?»

«Grazie mille, vado a controllare. Sono un po' in ritardo, sa?»

Il prete si affrettò verso la porticina e diede due colpetti.

«Signora Storti, è qui?»

Non si sentì nessuna risposta ma il prete disse ugualmente: «Si sente bene?»

Silenzio.

«Vuole una mano? Chiamiamo qualcuno?»

Nulla.

«Dice che le gira un po' la testa. Entro a vedere», annunciò il sacerdote abbassando la maniglia e sparendo subito all'interno.

Salvatore scrollò le spalle e mugugnò qualcosa verso Giovanni e Silvia.

«Ce ne andiamo?» disse la ragazza.

«Un attimo...» rispose lui facendole cenno di aspettare con la mano. «C'è qualcosa di strano...»

Dal bagno arrivava la voce del prete che diceva alla signora Storti di stare tranquilla, era solo uno svarione.

«C'è da chiamare un dottore?» gridò Salvatore da dietro il bancone.

«No! Va tutto bene!» rispose la voce del prete.

Passò qualche altro minuto. Il bar era saturo di curiosità, anche se c'erano solo i due ragazzi che si gelavano al tavolino e l'ubriaco in coma che continuava a dormire e pareva ibernato.

La porta d'ingresso si aprì di nuovo. Stavolta era un omone corpulento, con giacca cravatta e gilet di seta. In testa un cappello, nero come i suoi baffi, e un paio di occhiali da vista spessi che gli facevano gli occhi minuscoli e lontani.

Entrò e subito chiese a gran voce dove fosse la moglie. Senza dare neanche il tempo a Salvatore di capire cosa stesse accadendo ripeté la domanda, il tono sempre più imperioso.

«Chi è sua moglie?»

«So che è qui! Ne sono certo! Ha un appuntamento con un uomo!»

A quel punto Giovanni si alzò e fece qualche passo verso l'uomo imbufalito. Quello, appena lo vide, si diresse spedito verso il bagno. Cominciò a battere sulla porta e a urlare: «Dove sei?! Dove siete?!»

Salvatore provò a spiegargli che lì c'era una signora

che si sentiva poco bene e don Michele che l'aveva soccorsa. Gli chiese di calmarsi e poi prese a imprecare nel suo dialetto, ma non aveva il coraggio di avvicinarsi.

Il coraggio lo ebbe Giovanni, che piano piano, un passetto alla volta, gli occhi concentrati sull'omone, ora gli si era fatto vicino. Silvia, dal tavolino, gli chiedeva di tornare lì, di lasciarlo perdere e non immischiarsi.

«Togliti di mezzo, tu», tuonò l'uomo. «Mia moglie è qui dentro con un altro!»

«Ma lei chi è?» domandò Giovanni, cauto.

Quello lo spinse via, poi aprì la porta ed entrò come una furia in bagno. Si sentirono urla, insulti e botte. Giovanni provò ad abbassare la maniglia ma qualcuno aveva chiuso a chiave. La signora Storti urlò qualcosa, poi don Michele che provava a spiegare che era un uomo di Dio, come poteva pensare che, e di nuovo l'uomo corpulento che sbraitava e bestemmiava. Colpi sulla porta, finestre che sbattevano, poi tornò il silenzio.

Giovanni guardò Silvia, lì seduta con le mani davanti alla bocca. E Salvatore, che per il nervosismo si asciugava le mani sulla parannanza da cinque minuti. Si era svegliato anche il beone, che ora chiedeva un grappino per il mal di testa.

Alla fine, scusandosi subito per il ritardo, alla porta del bar comparve Renzo.

«Ci ho messo tanto perché ho dovuto aiutare suor Simonetta. Era scivolata di nuovo sul ghiaccio, poverina.»

Giovanni, rimasto fuori dal bagno da cui ora non arrivava più nessun rumore, lo guardava senza alcuna espressione. Silvia, invece, si alzò e disse che era tardi, i trucchi magici glieli avrebbe fatti vedere un'altra volta. Stanca e infreddolita, si era già dimenticata del trambusto di poco prima.

Ma non se ne era dimenticato Salvatore, che iniziò a bussare con insistenza sulla porta del bagno.

«Che fine avete fatto? Uscite! Uscite fuori! Non si può stare in tre in un bagno pubblico!»

Ma non ebbe risposta. Al che, con una spallata, spalancò la porta e trovò la toilette misteriosamente vuota.

«Ma che minchia di fine hanno fatto?» si chiese.

Poi entrò un altro avventore e chiese una spremuta, mentre Giovanni, Silvia e Renzo uscivano dal locale.

«Cos'hai fatto?» chiese Giovanni a suo fratello, prendendolo da parte.

«Niente, perché?»

«Qui è successo qualcosa di strano.»

«In che senso?»

«Si sono chiusi in bagno in tre. Si sono sentite urla e botte, ma hai visto anche tu che lì dentro non c'era nessuno.»

«E io cosa c'entro, scusa? Ti ho detto dov'ero.»

«Non prendermi in giro, Renzo. Io ti conosco. Tu c'entri qualcosa.»

«Non so di che stai parlando», continuò Renzo, sorridente.

Giovanni sbuffò, poi cercò il coraggio necessario a porre al fratello l'unica domanda possibile, trovandone solo un frammento: «Non avrai di nuovo... Cioè, non ti sarai...»

Renzo restò lì, davanti a lui, in attesa della domanda che sapeva non sarebbe mai arrivata perché Giovanni non riusciva a completarla.

«Rispondi.»

«A una domanda a metà si danno mezze risposte»,

disse Renzo. I tre ora erano fuori. Era uscito il sole e la luce si rifletteva sulla neve creando un'atmosfera surreale, come se si trovassero nel fantasma di una piazza.

«Cosa vuoi dire?» insisté Giovanni. Silvia intanto l'aveva preso a braccetto e sbadigliava, persa nei suoi pensieri.

«Dai, non mi sembra che sia successo nulla di grave.»

Giovanni si dovette accontentare della risposta. I tre si salutarono in fretta e la giornata finì lì.

CINQUE

Dopo la messa di una domenica mattina di primavera, Renzo si trovò davanti Ugo. Precedeva i genitori di qualche passo come se stesse cercando qualcosa. Sembrò averla trovata quando vide Renzo, e subito gli andò incontro.

«Guarda chi c'è», disse, offrendogli una smorfia indisponente.

«Quanto tempo. Come mai sei qui?»

«Stiamo pensando di entrare in seminario.»

«Tutti e tre?» scherzò Renzo, ma Ugo si irrigidì subito.

«No, solo io ovviamente. I miei stanno valutando se qui la scuola è buona come dicono.»

«Pare di sì.»

Intanto i genitori di Ugo si erano avvicinati. Il padre porse la mano a Renzo e si presentò, ma la moglie gli diede subito un buffetto sul braccio e disse «Ma dai, non lo riconosci? È Renzo, l'amico d'infanzia di Ugo.»

Il ricordo legato a Renzo non doveva essere dei

migliori perché l'uomo ritrasse subito la mano e l'espressione mutò da neutra a imbarazzata.

«Ah, sì, certo che mi ricordo. Dunque ora sei qui», disse. «Immagino che fosse inevitabile.»

«Non essere maleducato», lo rimproverò la moglie, che ora si era frapposta come per tenere lontani i suoi uomini da Renzo. «Anzi, secondo me la tua scelta di fare un percorso spirituale», disse, rivolgendosi direttamente all'ex amico del figlio, «è molto coraggiosa. Hai fatto bene a scegliere questa strada. Bravo.»

«Grazie», rispose Renzo. «Ora, se volete scusarmi… Arrivederci», e si allontanò.

Mentre tornava verso la sua stanza sperò che Ugo decidesse di andare in un altro istituto. Perché proprio lì? E perché in seminario? Aveva sedici anni, non era tardi per una scelta del genere?

Venne fuori che il direttore della scuola aveva insistito molto a che Ugo si iscrivesse lì. Il padre, ormai un uomo ricco a tutti gli effetti, si era fatto un nome in tutta Torino con la sua azienda di ricambi meccanici, ed era famoso per la generosità verso le istituzioni religiose.

Il mese seguente Ugo si trasferì a Valdocco. Con l'estate alle porte e l'anno scolastico al termine, i preti prepararono dei corsi speciali solo per lui per i mesi di luglio e agosto. Avrebbe studiato intensamente per recuperare ciò che doveva, e a settembre si sarebbe unito a Renzo e Nicola. Con loro, però, non avrebbe condiviso la stanza. Nonostante ci fossero altri due letti liberi, e quindi lo spazio per il rampollo non mancasse, il padre di Ugo richiese e ottenne di fargli avere una stanza singola. La scusa fu che aveva bisogno della massima quiete per studiare e mettersi in paro, ma chissà cosa aveva raccontato al direttore. E chissà cosa gli aveva promesso perché non rivelasse a nessuno ciò che gli aveva raccontato.

Renzo sentì la sua tranquillità sciogliersi come il ghiaccio nel comodino di quando era bambino. Una goccia dopo l'altra, sempre più in fretta.

Le trasformazioni nei suoi personaggi, i pochi che aveva avuto l'opportunità di interpretare regolarmente da quando era in seminario, divennero sempre più difficili. Con gli occhi di Ugo addosso, ogni movimento si era fatto complicato. Per fortuna non dividevano la stanza, o la signora Storti sarebbe rimasta confinata nell'armadio e non avrebbe più visto la luce del giorno. E così don Michele.

Nei panni di entrambi si era divertito a frequentare alcuni negozi del quartiere. La signora Storti era diventata amica degli artigiani delle concerie a Borgo Dora, i pochi rimasti. Alcuni la chiamavano per nome, Enza, e ne ammiravano segretamente l'eleganza. Segretamente dalle mogli, è chiaro, perché con lei l'ammirazione la esprimevano eccome. A volte non solo quella.

Come don Michele, invece, aveva confessato tutte le vecchiette del quartiere e destato scandalo dal fornaio soppesando sfilatini sempre più lunghi. Al signor Storti aveva riservato il ruolo dell'eterno marito geloso, andando a minacciare tutti gli artigiani di Borgo Dora coi quali la moglie aveva avuto a che fare.

Però voleva espandere la sua galleria di personaggi. E ancora più che espanderla desiderava trovare un modo di rendere i cambi d'abito più rapidi. Erano troppi i minuti che aveva passato nella toilette del bar di Salvatore per cambiarsi. E poi quella borsona che si era dovuto portare appresso, non solo era scomoda ma rischiava anche di far insospettire qualcuno. Difatti suo fratello aveva capito. Renzo non sapeva se con Giovanni era stata proprio quella sacca piena di vestiti a tradirlo o se lo aveva riconosciuto dai lineamenti, o dalla voce, o dalle movenze. Questo gli fece pensare che doveva lavorare anche sul trucco. Era necessario imparare modi di alterare anche il volto, di modificare i propri lineamenti in modo che nemmeno un familiare stretto potesse sospettare che si trattava proprio di lui.

Nel giro di qualche giorno, tra un vespro e una lezione, tra una preghiera e un compito in classe (classe che da due era passata a tre studenti), Renzo scoprì che Ugo non aveva abbandonato la magia. Anzi, era diventata una vera ossessione. Ma al contrario di Renzo, il suo vecchio amico non aveva alcuna remora a parlarne con gli insegnanti e con chiunque incontrasse.

Era innegabile che fosse diventato bravo. Soprattutto con le carte. Don Tommaso si complimentava e applaudiva ogni volta che Ugo gli estraeva una carta dal libro che aveva in mano, o dalla tasca interna della veste. «È un miracolo!» esclamava, facendo subito l'occhiolino per far capire che non diceva sul serio. I miracoli sono altri, precisava, sono cose serie.

Un giorno Ugo si esibì in un trucco molto semplice, quello dell'asso di bastoni. Lo fece dopo la lezione di matematica. Quando don Tommaso pescò la solita carta e Ugo, spavaldo, la indovinò in un istante e urlò «È l'asso di bastoni!» don Tommaso rimase nuovamente a bocca aperta.

«Ma come fai? È davvero impossibile…» balbettò il sacerdote.

Ugo si schernì: «È tutto merito della magia».

Renzo fu tentato di rivelare a tutti che il mazzo era composto solo di assi di bastoni, il trucco era semplice e Ugo l'aveva ingannato. Ma non fece in tempo a terminare il pensiero che Ugo, dopo aver ripreso la carta dalle mani del prete e averla rimessa nel mazzo, imboccò l'uscita lasciandolo sul banco di Renzo, il quale subito prese a esaminarlo, accorgendosi che non era truccato. Le carte c'erano tutte, dall'asso al re di ogni seme.

Sai cosa ci voleva a ingannare don Tommaso, pensò Renzo, lui aveva gli occhi piccoli e vicini da cinghiale e non vedeva a un palmo dal naso senza gli occhiali.

I guai per Renzo cominciarono in autunno. Era riuscito a passare un'estate in relativa tranquillità, evitando Ugo per quanto poteva e occupandosi degli affari suoi. Lo studio gli prendeva gran parte del tempo, ma era anche un modo di distrarsi dai pensieri negativi che la presenza di Ugo gli aveva fatto affiorare.

Un giorno, era una di quelle giornate autunnali

in cui il paesaggio sembra dipinto coi pastelli, Renzo aveva come sempre aspettato che Nicola si addormentasse dopo pranzo ed era uscito in abiti civili per curiosare tra gli empori intorno alla stazione. Lì aveva trovato qualche accessorio stagionale che serviva a rendere credibile l'alta estrazione della signora Storti. Inoltre si era appena convinto a costruirsi il guardaroba per un altro personaggio, un poliziotto, ed era in cerca di capi che, con le opportune modifiche, potessero passare per una divisa.

Mentre rovistava tra le ceste e soppesava due diversi tipi di reggiseno, qualcuno gli toccò la spalla.

«Cosa fai qui?»

Renzo rimase con un respiro a metà.

«Uhm? Cosa cerchi?» insisté Ugo.

«Non cerco niente», disse Renzo, lasciando ricadere i reggiseno nella cesta. «*Tu*, cosa cerchi, semmai.»

«Passavo da queste parti.»

«Cosa cerchi a Valdocco.» Renzo provò a trarsi d'impaccio rivoltando la frittata.

«Quello che cerchi tu. Cosa ci si va a fare in seminario?»

«Basta con questi giochetti, Ugo. Ci sei venuto perché c'ero io.»

«Ma sei impazzito? Pensi che farei una scelta del genere solo per seguire te? E perché, poi?» Ugo si fece una risata, convincente solo a metà. Ma quella metà era già qualcosa: ci si poteva aggrappare per calmarsi.

«Mi sembra una strana coincidenza, tutto qua», commentò Renzo, provando a mantenere un contegno. Piano piano si era avvicinato all'uscita nel tentativo di distrarlo dal reggiseno.

«Me l'ha consigliato don Luigi», rivelò Ugo, il sorriso sempre più vicino a un ghigno. «Sai, siamo tornati molto amici, don Luigi e io. Mi ha insegnato un sacco di cose.»

«Mi fa piacere.»

«Davvero? Ti confesso che un po' temevo che ci saresti rimasto male. Una volta eri il suo cocco... Ma immagino che col tempo vi sarete allontanati.»

«Ogni tanto vado a trovarlo.» Questo non era vero. Con don Luigi non parlava da anni. Forse Ugo lo sapeva, forse no. Ma valeva la pena bluffare per non dargli soddisfazione.

La verità era che Renzo si era presentato alla messa domenicale non vestito come un normale chierichetto, ma con gli abiti che don Luigi usava solo per la cerimonia pasquale, e per giunta aveva fatto un discorso senza capo né coda sull'agnus dei. I fedeli erano rimasti attoniti di fronte a quell'inattesa omelia, interrotta bruscamente da uno scappellotto di don Luigi.

Dopo quell'episodio, Renzo decise che il libro di Fregoli se lo sarebbe tenuto per sempre. Era un peccato, anche grave: aveva rubato il libro di un prete. Però le conseguenze sarebbero state ancora più gravi per lui, perciò decise di fare finta di niente e sperò per il meglio.

Qualche tempo dopo, don Luigi suggerì ai genitori di Renzo di mandarlo in seminario e lui accettò subito, senza fiatare. Anzi mostrò uno strano entusiasmo che il padre e la madre interpretarono subito come "vocazione", mentre don Luigi sperò che quella fosse la soluzione per rimettere Renzo sulla retta via.

Ma quel pomeriggio del reggiseno, Ugo insisté per portare Renzo a prendere un'orzata in un bar di piazza San Carlo. Disse che voleva dimostrargli che era ben disposto, e che sapeva che lui non aveva mai frequentato quei posti mentre Ugo c'era stato un'infinità di volte coi suoi, anche a pranzo la domenica, una volta anche col sindaco, e così via. Ma entrambi sapevano che lo scopo era mettere Renzo a disagio.

Ugo cianciava: «Sfonderò! Diventerò un mago famoso in tutta Europa!»

«Ma cosa ci sei entrato a fare in seminario?» obiettò Renzo.

«Studiare dai salesiani è comunque una cosa buona. Se poi la mia vocazione dovesse… sparire», e questo lo disse col solito ghigno, «avrò comunque fatto un ottimo liceo.»

«Cosa vuoi fare, dire *simsalabim* per far sparire il mago Silvan e prendere il suo posto?» gli fece notare Renzo.

«Se sei bravo trovi sempre una strada», lo freddò Ugo. «E se sei ricco non devi neanche trovarla perché ci sei già.»

L'arroganza di Ugo era davvero insopportabile. Renzo lasciò a metà l'orzata e non toccò neanche un pasticcino. Non era abituato a bere cose tanto dolci e gli era venuta la nausea. Ma forse non era l'orzata. Forse a dargli fastidio erano tutti quei signori eleganti che parlavano guardando in alto come se si rivolgessero direttamente al loro amico Dio e fumavano una sigaretta dopo l'altra. Sembrava che gli buttassero il fumo in faccia di proposito.

«È ora di tornare a Valdocco», disse a un certo punto, alzandosi.

«Cosa fai quando scappi via dal collegio, la domenica?» gli chiese Ugo a bruciapelo.

Renzo trasalì. «Passeggio nel bosco.»

«Ma quale bosco?» E riecco quella smorfia maliziosa.

«Ci vediamo più tardi», disse Renzo, e si congedò senza aspettare l'amico.

Ugo lo guardò allontanarsi nel portico. Andava più in fretta del necessario.

A quel punto a Renzo non restava molta scelta. Doveva diplomarsi e andarsene. Ma non solo dal seminario, doveva andarsene da Torino, forse dall'Italia. Si sentiva accerchiato. Ovunque guardasse c'erano ostacoli, strade sbarrate, astio e diffidenza.

Con l'arrivo di Ugo in seminario anche quella oasi di relativa serenità era stata corrotta. Ora doveva guardarsi le spalle e vivere con il timore che venissero fuori storie sconvenienti sulla sua infanzia. Forse non sarebbe stato giudicato, dopotutto il fatto di essere lì gli garantiva fiducia nella sua buona volontà, però sarebbe stato *visto* sotto un'altra luce. E non era di certo una trasformazione di quelle che piacevano a lui. La verità, in fondo, non piaceva a nessuno.

Fu, insomma, un periodo triste. La signora Storti veniva fuori solo quando Renzo aveva l'assoluta certezza che Ugo fosse a pranzo dai suoi, o in gita a Milano o a Biella, dagli amici imprenditori di suo padre. E se l'elegante Enza Storti pativa la clausura a Valdocco, don Michele era proprio scomparso del tutto: il barista Salvatore si era presentato un giorno fuori dal santuario chiedendo di padre Michele. Si era rischiato un grave incidente che avrebbe potuto farlo espellere, se non proprio arrestare. Per non parlare del poliziotto che Renzo aveva in animo di portare alla luce: le ricerche del vestiario adatto si erano interrotte lasciandolo con un paio di pantaloni scuri e una camicia che, più che da agente di polizia, andava bene per l'impiegato di un ministero romano. E un ridicolo distintivo giocattolo che aveva "preso in prestito" da un costume per bambini.

Ugo parlava in continuazione degli amici imprenditori di suo padre. C'era quello che stava aprendo uno stabilimento "giù dai terroni, così la smettono di lamentarsi"; quello che dal cotone aveva deciso di passare solo a cachemire e merinos perché si sentiva in colpa a vergognarsi dei propri clienti; e poi c'era "il visionario", che possedeva un giornale locale ma gli andava stretto e voleva fondare il proprio canale televisivo. A lui in particolare Ugo guardava con ammirazione infinita. Diceva che con amici così, avrebbe anche potuto non studiare. E lo diceva da sfacciato, senza traccia dell'umiltà che l'istituto in cui si trovava richiedeva. Se a fare discorsi del genere fosse stato Renzo, o anche Nicola, gli sarebbe arrivato subito uno schiaffone da don Tommaso. Ma il padre di Ugo foraggiava chissà cosa, di conseguenza gli insegnanti scrollavano le spalle e si sforzavano di sorridere, fingendo di disapprovare con la massima benevolenza.

Il diploma non era lontano. Vari inverni si erano ormai sciolti in primavere, e le primavere si erano seccate in estati torride. Mancava poco al capolinea, e forse per questo la tensione si era allentata, sia per Renzo che per il suo collega e rivale Ugo.

«Ieri abbiamo studiato dei brani delle lettere ai Corinzi e ai Romani», disse don Germano. «Oggi, invece, vedremo quelle a Tito e a Timoteo.»

«Che noia questi santi», pensò Renzo, «sempre a scrivere lettere a cui non rispondeva mai nessuno.»

Ma lo pensò e basta, perché era vietatissimo interrompere le lezioni.

E proprio mentre era assorto in quei pensieri, sentì la voce stridula di Ugo che commentava: «Speriamo che almeno Tito e Timoteo le abbiano ricevute, perché a quanto ne so, i Corinzi non hanno mai risposto. Chissà come c'è rimasto male san Paolo!»

Il professore sorrise, ma poi aggiunse: «Non bisogna interrompere la lezione, Ugo.»

«Tanto le lezioni non mi interessano più: ho intenzione di lasciare il seminario. Non volevo dirvelo così ma oggi mi annoio troppo. Farò una trasmissione televisiva.»

Don Germano, l'omino scheletrico e quasi cieco e sordo che insegnava lingue morte ma faticava a capire quelle vive a meno che non gli fossero gridate nell'orecchio, chiese a Nicola di ripetere cosa avesse mai detto il loro compagno.

«Dice che vuole lasciare il seminario», urlò Nicola, «per fare la televisione.»

Renzo e don Germano alzarono il sopracciglio simultaneamente.

«Mi vedrete presto. Sempre che troviate un apparecchio», proseguì Ugo.

Don Germano riprese a leggere come se nulla fosse, ignaro che nessuno gli stava più prestando attenzione.

«Che trasmissione farai?» domandò Nicola sottovoce.

«Mi esibirò in spettacoli di magia. Non è ovvio?» sbuffò Ugo.

«Ma dove?» lo incalzò Renzo.

«Un amico di mio padre sta per aprire il suo canale privato e ha espressamente chiesto di me. "Sarai la ciliegina sulla torta della rete" ha detto. Lui è uno che ne sa.»

Don Germano si schiarì la gola e chiese a Ugo di continuare a leggere. Lui, per tutta risposta, si alzò e uscì. Allora toccò a Nicola, che ricominciò dall'inizio e il professore neanche se ne accorse.

Nel giro di pochi giorni Ugo era fuori dal seminario. Ma prima di andarsene volle prendere da parte Renzo per mettere le cose in chiaro.

«Immagino che sarai invidioso...»

«Di cosa?» Ma con Ugo quella tattica non funzionava.

«Lo sai. Dai, non voglio infierire. Mi basterà pensare che mi guarderai in televisione.»

«Si può sapere perché ce l'hai con me?»

«Non ce l'ho con te.»

«Allora perché hai questo atteggiamento?»

«Non ho paura di te!» sputò fuori Ugo, con un astio improvviso.

«Chi ha detto che hai paura di me?»

«Dovresti essermi grato», riprese Ugo, ormai in stato confusionale. «Avrei potuto dire un mucchio di cose sul tuo conto, ma non l'ho fatto. Tutte le stranezze, e i giochi assurdi in cui mi hai coinvolto.»

«Ma eravamo bambini…»

«Mi hai abbandonato. Ero l'unico a darti retta, a scuola.» Ugo si era fatto tutto rosso in volto, sembrava una pentola a pressione sul punto di esplodere.

«Non è vero che ti ho abb-»

«Basta! Mi hai anche rubato l'amicizia con don Luigi! Ho tenuto la bocca chiusa anche su quella valigia che tieni nell'armadio. Non pensavi mica che non lo sapessi?»

Renzo era paralizzato dalla paura. Il suo antico compagno di scuola aveva davvero covato tanto rancore per tutti quegli anni? E lui se lo meritava? Lo aveva davvero abbandonato? Non ricordava, era passato troppo tempo… Ora in testa Renzo aveva solo una gran confusione. E paura, perché Ugo stava parlando ad alta voce in mezzo a un corridoio.

«Basta così», concluse poi, sospirando. «Tanto nella magia ti ho superato. Sono stato più bravo e ora sarò premiato, mentre tu resterai qui a fare finta di voler diventare un prete.»

Le parole di Ugo gli risuonarono in testa per giorni. Assieme a uno strano senso di colpa, Renzo sentiva di nuovo quel peso, l'oppressione di quando era bambino che lo portava a chiudersi in se stesso, a non muoversi, a non fare nulla.

Lo studio ne risentì e presto fu convocato da don Tommaso. Nel suo studio, completamente invaso da libri, immagini sacre e polvere, oltre all'insegnante trovò don Luigi. Dopo che si fu accomodato sulla sedia scricchiolante che il sacerdote usava per intimidire gli studenti, ci fu un lungo silenzio.

«Forse è meglio che ci parli tu», sentenziò don Tommaso con la sua voce profonda. Li lasciò soli nell'ufficio e andò a fare avanti e indietro per il corridoio immerso nel silenzio. I suoi passi fecero da metronomo alla conversazione che seguì.

«Come va, Renzo?»

«Bene.»

«Davvero?»

«Va bene. Come al solito.»

«Il direttore mi ha fatto venire qui perché secondo lui non va bene per niente. Dice che non ha mai avuto uno studente meno portato.»

«Ma non è vero! Non me la cavo male. Non ho insufficienze.»

«Non stiamo parlando dello studio, a imparare le cose a memoria sono buoni tutti, ma della tua dedizione. Secondo lui non dovresti essere qui.»

«E perché non me lo dice?»

«Renzo...» Don Luigi fece una breve pausa e si guardò intorno. «Ho insistito io a che ti accettassero qui. Mi sembrava la cosa migliore da fare, visti i tuoi comportamenti.»

Il ragazzo rimase muto e silenzioso, le mani strette tra le gambe.

«Cosa vuoi fare della tua vita, Renzo?»

«Non lo so…»

«Secondo me lo sai.»

«Cioè?»

«Quella storia raccontata nel libro che mi hai preso, non ti dice nulla?»

Renzo capì che non aveva senso mentire. «Mi dispiace. Glielo restitu-»

«Puoi tenerlo. Non è un libro a cui tengo. Fregoli era un personaggio strano, non mi ha mai interessato.»

«A me sì.»

«Lo so. Vedi, ragazzo, ti conosco da una vita. Non pensare che non abbia notato da subito che qualcosa in te era diverso, ma speravo che la parola di Dio ti avrebbe condotto su un sentiero più onorevole. Anche per i tuoi genitori, capisci?»

Renzo annuì.

«Quello che voglio dire è che non è necessario avere *la* vocazione. Ciò che conta è trovare la *propria*. E se quella è la strada che vuoi seguire, fallo.» Don Luigi pronunciò quelle parole tutto d'un fiato, come se volesse liberarsi di un pensiero sconveniente e pronunciarlo l'avrebbe cancellato dalla sua mente. «Santo cielo, se mi sentisse tuo padre mi prenderebbe a schiaffi.»

Renzo si sentì di colpo leggero.

«Dai tuoi occhi capisco che è questo che vuoi», disse don Luigi.

«Sì, lo voglio», rispose Renzo, col cuore colmo di gioia.

Don Luigi si fece una risata e gli disse: «Detta così sembri una sposina sull'altare», poi lo abbracciò e lo lasciò andare. Il suono dei suoi passi sempre più rapidi rimbombò nel corridoio vuoto, poi si perse chissà dove.

TERZA PARTE
L'amico d'infanzia

UNO

In principio Renzo creò il cielo e la terra. La terra era ancora una massa senza forma, una massa vuota. Le tenebre ricoprivano l'abisso e sulle acque aleggiava lo spirito di Renzo. È inutile nascondersi che il ragazzo si era montato la testa...

Il mare si proiettò su Renzo, con pesci, onde e conchiglie. E poi la terra, marrone scuro, con le pietre e pochi ciuffi d'erba. Poi Renzo si girò e un sole gli comparve tra le mani. Lo appese in cielo e gli ordinò di ruotare intorno alla terra.

Di colpo, dal pavimento spuntarono tre palme da cocco, e Renzo ora era Adamo, il primo uomo che, curioso, cominciò a saltellare nel suo nuovo mondo. Allora arrivò Dio, e gli strappò una costola, un bel bisteccone succulento, che ripose in un frigorifero dal quale, in pochi attimi, uscì Eva, in tutta la sua grazia e leggiadria. Il pubblico esplose in un applauso fragoroso, poi si accesero le luci. Renzo si tolse la parrucca boccoluta e si inchinò a ricevere le lodi.

Applausi a scena aperta e delirio generale. Il pubblico amava la sua ironia, ma soprattutto impazziva per la sua irriverenza verso il sacro. Sempre benevola, mai volgare, forse era proprio quella la chiave per prendersi gioco di ogni cosa. O almeno così scrivevano i giornalisti sui quotidiani locali e le riviste di spettacolo, e questo a lui faceva piacere, certo, ma mancava ancora qualcosa. I piccoli teatri di provincia li riempiva tutti e sempre, era il momento del grande salto. Era ora di sfondare le porte della televisione.

Dopo il seminario, che aveva lasciato per fare la star dei programmi di una piccola emittente locale, Ugo era scomparso. In televisione non l'aveva mai visto nessuno.

Nel giro di pochi mesi, aveva saputo Renzo, il suo ambizioso ex amico era finito a studiare non si sa bene cosa a Londra, e poi di lui si erano perse le tracce fino ai primi anni Ottanta. Mentre Renzo era a Parigi a fare la vita da bohémien e a studiare con una compagnia di maghi, attori e illusionisti, Ugo era in un limbo fumoso tra Londra e chissà dove altro. O almeno era lì che Renzo se lo immaginava quando gli capitava di pensarci.

Sarà stato nel 1980, o giù di lì, quando ormai c'erano più televisioni locali che spettatori disposti a guardarle, che Ugo fece il suo ingresso "trionfale" nel mondo dello spettacolo televisivo. Un amico imprenditore di Biella era riuscito nella sua impresa: aveva fondato TeleTessile e l'aveva dotata di una specie di telegiornale. "Una specie" perché le notizie, lette con voce monocorde da una nipote dell'imprenditore in uno studio a dir poco spartano, erano tutte relative all'apertura di nuovi negozi a Biella e provincia, a cani smarriti, a liti tra vicini di casa finite in risse con uno o due feriti lievi. Le notizie nazionali venivano lette direttamente dal giornale, dunque con un giorno almeno di ritardo, e la cosa più strana, quella che doveva tenere incollati gli spettatori al televisore, erano le brevi esibizioni magiche di Ugo tra un'edizione del Tg e l'altra.

Quello rimase l'unico programma per vari mesi. Ugo andava in onda tre volte al giorno, sempre in diretta, e aveva ormai la sua routine: giochi di carte la mattina, ombre cinesi il pomeriggio, trucchi vari alla sera, quando l'audience era al massimo. Di certo il suo repertorio non era infinito, difatti Ugo fu costretto a ripeterlo di settimana in settimana, sfidando la pazienza degli spettatori e la loro resistenza alla noia – che, per fortuna sua, era molto più alta di adesso.

In quel periodo Renzo usciva quasi sempre con Claude, un ballerino di Martinica che aveva conosciuto ai tempi di Parigi dal fisico talmente elastico da non sembrare neanche umano quando ballava.

Una sera di aprile, Renzo era nel solito locale del venerdì e sorseggiava un martini dry guardando le contorsioni di Claude sulla pista da ballo fatte per impressionare gli avventori. Era in compagnia di due ragazzi di fuori città che sembravano ipnotizzati dal corpo snodato di Claude. La serata sarebbe stata delle più normali, non fosse che di colpo, proprio mentre il suo amico stava per solleticarsi le orecchie con la punta dei piedi e formare una O col corpo, entrarono nel locale due uomini pelati quasi identici e molto molto

alti. Saltavano all'occhio perché, oltre a somigliarsi, entrambi indossavano lo stesso completo nero.

Non appena videro Claude, che ormai da tempo si esibiva in teatro insieme a Renzo, gli si avvicinarono.

«Buonasera, signor Claude. Vorremmo parlare con Renzo.»

«Sì, con Renzo», aggiunse l'altro.

«E voi pinguini chi sareste?» disse, salace, Claude.

«Veniamo per conto di un'emittente televisiva che vorrebbe iniziare a collaborare con lui.»

«Urca! Cose grosse! Lo trovate proprio laggiù», disse, indicando con un piede il fondo della sala.

Lì erano seduti i due ragazzi forestieri insieme a un poliziotto in divisa e con due grossi mustacchi.

I due guardarono Claude con aria interrogativa e quello ribadì: «Sì sì, è proprio lì!»

Tentennando, si avvicinarono al poliziotto, che appena li vide apprestarsi al tavolo gli disse:

«Buonasera, birilli. Volete qualcosa da bere?» Poi, rivolto ai due giovani: «Facciamo una partitella a bowling? Ci mancano solo le palle. Claude, diventa una palla!»

In zona ormai era diventato troppo famoso. Dopo tanti spettacoli con il tutto esaurito la gente aveva cominciato a fermarlo per strada, e se lui voleva uscire tranquillamente e divertirsi era costretto a trasformarsi in qualcun altro. Il venerdì era il turno del poliziotto californiano.

«Non possiamo bere, siamo in servizio. Vogliamo parlarle di lavoro.»

«*Di lavoro*? Qui?» Renzo si corrucciò. «Ragazzi, andate a ballare con Claude. Vi raggiungo tra un attimo.

«Ditemi», fece allora Renzo.

«Andiamo dritti al sodo. Veniamo per conto di TeleTessile. Il canale si sta espandendo, vogliamo uscire da Piemonte e Val d'Aosta», spiegarono, a braccia conserte. «Già da adesso ci vedono anche in certe zone della Lombardia e della Liguria.»

A Renzo scappò una risata che trattenne come poté.

«Si parla di diventare una rete nazionale, stanno girando un sacco di soldi», e fecero entrambi il gesto del danaro con le dita.

«Mi fa piacere per voi.»

«Non stiamo scherzando.»

«Ho capito, va bene. Infatti mi fa piacere per voi.»

«Il consiglio di amministrazione ha deliberato che comincia l'espansione», e fecero una pausa drammatica. «Siamo in cerca di maghi, gente del settore che ha voglia di emergere e di crescere con noi.» Altra pausa.

«E?»

«E appunto vorremmo offrirle un contratto e invitarla a parlarne con il nostro presidente, nella nostra nuova sede torinese. Non è ora di fare il grande salto?»

Al "grande salto" Renzo pensava da tempo, solo

che non gli sembrava che la televisione potesse garantirglielo. Sì, c'erano molte reti ed erano in crescita. Sulla Rai i varietà avevano preso il sopravvento e un grande gruppo privato si stava affacciando sul mercato con tutte le intenzioni di fare concorrenza al gigante nazionale. Anche Renzo guardava Tele Milano 58, il quiz di Mike Bongiorno gli piaceva eccetera, però non c'era ancora nell'aria quell'euforia che sarebbe scoppiata qualche anno dopo. E poi lui a teatro si sentiva a casa, aveva sempre concepito i suoi spettacoli per quel tipo di spazio. Dalla televisione non sapeva cosa aspettarsi, e a dirla tutta TeleTessile non era il massimo.

«Non lo so... è un canale molto piccolo, il vostro. Come potreste aiutarmi?»

«La televisione è il futuro!»

«Va bene, sarà anche così. Ma cosa mi proponete esattamente?»

«Si potrebbe esibire davanti a decine di migliaia di persone tre volte al giorno, con i trucchi, i vestiti e il resto. Il pubblico aumenta ogni giorno, e se riusciremo a, cioè, *quando saremo* in onda in tutto il Paese ci saranno milioni di italiani a guardarla. Non ci sembra poco», conclusero all'unisono, sempre con le braccia incrociate.

«Mah...»

«L'aspettiamo domani alle 13 nei nostri uffici.»

La sera, tornando a casa con Claude, Renzo gli raccontò della proposta di lavoro.

«Hai capito qual è TeleTessile? Il canale in cui si esibisce Ugo. Ti ricordi chi è?»

«E come no! Non fai che raccontarmene. È quel pappagallo che imita tutto ciò che fai.»

«Non so se andarci. Mi sembrano tutti così scarsi su quel canale…»

«Tanto meglio. Sarà più facile diventare la loro star. Lo sei già e non hai ancora firmato.»

E, tra mille dubbi, Renzo il giorno dopo andò negli studi di TeleTessile. Praticamente era un enorme appartamento dai soffitti di tre metri e mezzo in zona San Salvario. Vuoto in gran parte, gli uffici erano arredati in modo spartano: una scrivania e una sedia piazzate al centro di una stanza di trenta metri quadrati. Tende scure alle finestre. Croste coloratissime alle pareti. L'ufficio del presidente era l'unico "diverso": la scrivania (grande il doppio delle altre e quindi doppiamente vuota) e la sedia (coi braccioli imbottiti) erano adagiate su un vasto tappeto color crema e celeste sbiadito, molto peloso, residuo del decennio precedente.

Il presidente, il signor Rivetti, era un omino minuscolo, quasi uno gnomo, con gli occhi così sporgenti da non riuscire a guardarlo in faccia senza provare un brivido. In testa aveva un riporto spudorato, i capelli parevano disegnati e i pochi ciuffi che non erano incollati con chissà quale prodotto al cuoio capelluto davano l'idea di reggersi col nastro adesivo tanto era unta l'attaccatura.

Dopo i convenevoli, Rivetti portò Renzo nella stanza in fondo al corridoio, che veniva usata come studio per le dirette. Lì c'erano i due tizi del giorno prima.

«Ora è così, un po' arrangiato, ma consideri che ci siamo trasferiti a Torino da poco.»

"Arrangiato" significava che c'era un pannello su cui qualcuno aveva appiccicato la stampa di una foto del Monte Bianco, tutta piena di rughe e bolle d'aria. Poi c'era il tavolo da cui venivano lette le notizie, ovvero una scrivania identica a quelle nelle altre stanze. Poi alcuni riflettori, due telecamere gigantesche, i pavimenti pieni di cavi attorcigliati, due o tre persone con lo sguardo perso nel vuoto che muovevano i fogli sulla scrivania per simulare "le informazioni". All'altro capo della stanza invece c'era un pannello scuro. Un tavolino da tè primi del Novecento su cui erano poggiati alcuni mazzi di carte, due bicchieri e una bacchetta magica. In terra, in un angolo, un coniglio svenuto in una minuscola gabbia.

Renzo sospirò, al che intervenne il presidente.

«Sì, è un po' così. Ma ci stiamo *spandendo*», disse, senza la "e". «Lì è dove fa i suoi numeri il grande Ugo, l'altro mago del nostro canale.»

«Io cosa dovrei fare, esattamente?»

«Innanzitutto prendere *questo*», annunciò Rivetti, estraendo un foglietto di carta piegato in due dalla tasca interna della giacca e mettendolo direttamente nella mano di Renzo.

Lo aprì e lesse, scritta a penna, una cifra preceduta dal simbolo della lira.

«Cos'è?»

«Il suo compenso.»

«Ah.»

La cifra era alta, era innegabile, ma era pur sempre una scritta su un foglietto di carta a quadretti che sembrava strappato dal quaderno di aritmetica di un bambino. Non era mica un assegno.

I due si guardarono per alcuni istanti. In quel mentre Ugo entrò nello studio e trasalì, vedendo Renzo. Poi, senza nemmeno salutarlo iniziò a mettere in ordine i suoi trucchi per la diretta.

«E dopo averlo letto cosa dovrei fare?» riprese Renzo, distratto dall'ingresso di Ugo.

Il presidente indicò la porzione di studio nella quale Ugo stava armeggiando, e poi, con voce solenne, annunciò: «Portare l'arte!»

«Portare l'arte?» ripeté, incredulo, Renzo.

«Sì, portare l'arte!» esclamò Rivetti, indicando con la mano verso Ugo.

DUE

Qualche mattina dopo, Renzo aveva appuntamento con il "trovarobato", l'uomo che si occupava di reperirgli oggetti di scena, costumi e molto altro, nella cantina in cui aveva cominciato a riporre abiti e accessori vari. In casa non entrava più nulla e Renzo aveva dovuto ricorrere a un piccolo deposito esterno. Quella cantina era abbastanza vicina, ma soprattutto non era umida come sono di solito le cantine, quindi per una piccola cifra passata sottobanco al portiere dello stabile, aveva ottenuto di usarla come magazzino.

Andò all'appuntamento con Claude, che aveva l'abitudine di seguirlo quando c'era da discutere col "trovarobato" per strappare un prezzo migliore.

«Cos'hai intenzione di fare?» domandò Claude mentre Renzo annusava il frigorifero sfondato che gli era stato proposto come via di fuga sul palco.

«Non lo so, mi sembra un po' troppo ingombrante per tenerlo in scena», commentò Renzo tappandosi il naso per il puzzo di pesce che veniva dall'elettrodomestico.

«Ma no, cosa vuoi fare con TeleTessile!»

«Ah, non lo so ancora.»

«Io accetterei», disse Claude. «Ti fai un paio di puntate e ti arriva la proposta dalla Rai. E *au revoir* TeleTessile», concluse, facendo il gesto dello spolverino nell'aria.

«Ho paura di rendermi ridicolo, proprio ora che le cose cominciano a girare bene», obiettò Renzo.

«Se il programma è davvero brutto, non è più ridicolo chi lo guarda di chi lo fa?» domandò Claude, con lo sguardo di chi sa di avere appena vinto un dibattito.

La settimana dopo Renzo firmò il contratto con TeleTessile. Poco più di due paginette con clausole molto semplici che gli lasciavano buoni margini per rescinderlo.

Renzo esordì in prima serata, dopo il telegiornale, al posto del grande Ugo, con tre minuti di trasformazioni classiche che aveva già portato a teatro. Niente di scandaloso: aveva capito che tipo di persone guardassero TeleTessile, cioè un pubblico composto al 95% da ultra-centenari, e non voleva sollevare polveroni di indignazione. Perciò optò per il repertorio "fregoliano", con piccolo borghesi con panciotto, monocolo e orologio a catena, e servitù con parannanza e cuffietta. Grazie all'aiuto di Claude e di un paio di assistenti a cui fu costretto a rivelare alcuni trucchi per i suoi cambi d'abito istantanei, Renzo riuscì a rendere quei pochi minuti in onda perlomeno dignitosi. Certamente i mezzi erano scarsi e lo studio angusto, però c'era la sostanza, difatti le anziane signore che seguivano TeleTessile cominciarono a chiamare per ringraziare la rete e chiedere a gran voce altri intermezzi simili.

Nel giro di poche settimane le parentesi televisive di Renzo erano diventate il segmento principale per le pubblicità della rete. Questo, se da un lato aveva influito negativamente sul tempo che Renzo poteva dedicare alla preparazione dei suoi spettacoli a teatro, dall'altro ne aveva decretato la popolarità catodica. Almeno nel nord-ovest, dato che, per il momento, le promesse del presidente di arrivare in tutta Italia erano ancora ben campate in aria.

Un giorno il presidente decise di spostare lo show di Renzo a prima del telegiornale. Si trattava di un'aggiunta, però, non di un vero e proprio spostamento, infatti restavano invariati gli altri spazi quotidiani. A Ugo questa cosa non era stata proposta, e continuava a far sparire biglie e piegare cucchiaini di primissima mattina e a notte fonda.

Il giorno della prima di questo nuovo segmento, Renzo si presentò in studio con un po' di anticipo, e notò sullo sfondo la figura di Ugo. Di solito non assisteva al suo spettacolo, anche perché Renzo aveva chiesto che ci fosse meno gente possibile in studio per proteggere i propri trucchi del mestiere da sguardi indiscreti.

Tre, due, uno… in onda!

Non si vedeva nulla, se non una mela verde al posto della testa di Renzo vestito in un completo nero che si confondeva con lo sfondo. Raccolse un giornale da terra e bastò un frangente, che lo aprisse, e s'era già cambiato: ora vestiva un completo zebrato e si lisciava la parrucca con la mano, come a passarci la brillantina. E poi di nuovo il giornale, davanti alla faccia e a coprire il vestito. Ora Renzo era un'ape, e saltellava sculettando per lo studio inseguita a stento dalla telecamera. Ed ecco che la luce rossa si spense e la diretta passò al telegiornale.

Staccato il collegamento, Ugo si avvicinò a Renzo.

«Ce l'hai fatta, eh?»

«Scusa?»

«Prima ti sei preso il mio spazio, e adesso te ne hanno addirittura creato uno intorno.»

«Ma io…»

«Io non so che problema tu abbia con me, però prima hai provato a rendermi lo zimbello della scuola, poi mi hai rubato don Luigi, sei sempre stato più bravo di me al seminario, e adesso anche qui. Mi stai perseguitando? Vuoi distruggermi la vita?»

«Non so di cosa stai pa…»

«Io sto andando a dimettermi. Ti prego di non seguirmi ancora ovunque io vada. Lasciami in pace. Spero che questo sia un addio.»

E lo lasciò, lì, senza parole, con ancora indosso il vestito da ape.

Il presidente, grazie a un altro foglietto su cui aveva scarabocchiato una cifra importante, era riuscito a convincere Renzo a esibirsi anche la domenica, durante la trasmissione in cui la stessa giovane conduttrice del telegiornale ripeteva i risultati delle partite di calcio annunciati dalla radiolina che teneva sul tavolo. Tra primo e secondo tempo arrivava Renzo, magari vestito da arbitro, o da tifoso della Juventus, e faceva qualche trasformazione buffa che doveva far sorridere i presunti tifosi sintonizzati su TeleTessile.

La prima domenica ci fu un incidente. A un certo punto dell'intermezzo, un tecnico di studio doveva lanciare un pallone verso Renzo, che doveva prenderlo al volo, farci due palleggi con la testa e poi farlo sparire sotto la maglia mentre si trasformava in Maria Callas che cantava "goal" su un acuto potentissimo. Il tecnico passò la palla a Renzo, che non si accorse che era sgonfia finché non la lanciò in aria e provò a riprenderla di testa. Il pallone gli si afflosciò sul capo come un uovo al tegamino, e lui fece due saltelli che sembrarono ridicoli dato che quella, la palla, gli si era piantata sopra a mo' di cappello. A Renzo non restò che provare, camuffando l'inevitabile preoccupazione con due occhi sbarrati e un po' spiritati, a proseguire secondo il programma. Ma quando ebbe infilato, dietro al paravento, gli abiti della Callas, e da lì fu uscito pronto alla nota spacca-vetri, anziché il brano che aveva scelto partì la colonna sonora de *La febbre del sabato sera*, e a quel punto la trasmissione fu interrotta.

Avrebbe voluto arrabbiarsi con l'assistente, ma non ci fu modo di trovarlo.

Cominciò un periodo pieno di guai. Quasi a ogni diretta c'era un problema: abiti strappati, monocoli da borghese inizio secolo rotti, musiche a casaccio, black-out improvvisi e cali di tensione. E non ci volle molto a che le telefonate degli anziani spettatori, da entusiastiche e grate, divenissero arrabbiate e derisorie. Il presidente non era affatto contento e strigliava i tecnici più volte al giorno, ma nel giro di poco tempo, non sapendo più con chi prendersela, cominciò ad attaccare Renzo.

«Credevo che lei fosse più professionale», gli disse un giorno, dal basso del suo metro e cinquanta, lasciando la stanza con passo drammatico per sottolineare l'arrabbiatura.

«Io *sono* professionale!» sbottò Renzo.

Tra un contrattempo e l'altro in televisione, si era avvicinato il giorno dell'esordio a teatro per il nuovo spettacolo di Renzo. Aveva ottenuto di pubblicizzarlo "gratis" su TeleTessile ma ogni volta il breve spot era andato in onda con qualche problema: senza audio, con interferenze, con la musica altissima che copriva tutto, una volta addirittura con le voci sovrapposte dei tecnici di studio: «Con cosa ce l'hai il panino?»

«Culatello, come sempre.»

E se da un lato Renzo aveva cominciato a trattare il versante televisivo della sua carriera con distacco, dall'altro, a teatro, si sentiva a suo agio, come in casa. La prima delle due date torinesi era già esaurita, all'altra mancava giusto qualche posto laterale a metà platea per sancire il trionfo.

La sera della prima arrivò in fretta. Com'era sua abitudine, Renzo si era chiuso in camerino per riposare e concentrarsi. Aveva bisogno di silenzio per trovare lo spirito giusto per lo spettacolo, per entrare in quello stato mentale in cui ogni movimento, ogni parola e ogni cambio d'abito sembravano perfettamente naturali. Claude passò a bussargli per ricordargli che mancavano dieci minuti. Di solito Renzo non rispondeva, restava nel suo bozzolo di quiete e rilassamento in attesa del secondo passaggio di Claude, quello dei cinque minuti.

Quando si è concentrati su qualcosa, o quando si sta meditando, il tempo assume una consistenza più pastosa. Ancora un istante, pensava Renzo, ecco, ancora un istante e Claude mi darà il via.

Ma Claude non arrivava. Quanto tempo era passato? Impossibile a dirsi, Renzo era stordito. E in mancanza della voce di Claude era dovuto uscire da quel torpore da solo, facendo uno sforzo enorme per togliersi da quel grumo di soffice benessere in cui aveva nuotato.

Barcollò verso la porta, poi provò ad aprirla. Era chiusa dall'esterno. Cominciò a battere i pugni sul legno e a chiamare Claude con la poca voce che gli usciva. Diede un'occhiata all'orologio sulla parete: erano le nove e un quarto. Lo spettacolo doveva iniziare alle nove. Cosa stava succedendo? Riprese a battere le mani e i piedi sulla porta, e finalmente qualcuno lo sentì.

«È chiuso!» disse una voce. «Non c'è la chiave! Provo a sfondare la porta!» disse il ragazzo, e dopo un paio di spallate con rincorsa riuscì ad aprire.

«Chi diavolo mi ha chiuso dentro?» protestò Renzo, avanzando e sbandando nel corridoio del teatro.

«Abbiamo mandato Claude a chiamarla!» si giustificò la maschera. «Ma si sente male?»

Renzo raggiunse in qualche modo il retroscena, dov'era il suo staff. Stavano sonnecchiando sui bauli col materiale di scena e facevano dondolare le gambe e le braccia. Sembravano ubriachi.

«Che succede qui? Dov'è Claude?» domandò Renzo.

Nel giro di pochi minuti erano tutti in piedi che si prendevano a schiaffi per tornare in sé. Girava una bacinella d'acqua gelata in cui tutti dovevano immergere la faccia, mentre Renzo correva in lungo e in largo per assicurarsi che tutto fosse sotto controllo.

Con un ritardo di più di venti minuti lo spettacolo ebbe finalmente inizio, e giunse alla conclusione, pur con qualche intoppo. Numeri al rallentatore, sipari che restavano alzati più del dovuto, cambi d'abito che riuscivano al secondo o al terzo tentativo, e che in un paio di occasioni furono proprio sbagliati. Da torero, anziché diventare Carmen Miranda con le due enormi tette sballonzolanti, Renzo si ritrovò nudo dalla vita in giù. Per fortuna che con la nudità si andava a colpo sicuro e il pubblico si sganasciò dalle risate.

Al termine dello spettacolo ci fu una riunione d'emergenza. Renzo era furioso, certo, ma era anche preoccupato perché di Claude non c'era ancora traccia e nessuno ricordava quando l'avesse visto l'ultima volta.

Sia i tecnici che il regista che il personale del teatro negarono di aver bevuto.

«A parte il caffè», disse Gervaso, l'omone dei lavori di fatica.

Nel giro di poco fu chiaro che tutti avevano bevuto il caffè e che aveva un sapore strano.

«Eccomi!» disse Claude entrando in tutta fretta nella stanza. «Renzo, sono venuto a cercarti in camerino ma non c'eri! Cinque minuti e sei in scena.»

Dopo le spiegazioni, Claude raccontò di aver avuto un colpo di sonno nel bagno del seminterrato, quello di servizio in cui tenevano anche la roba per pulire e dov'era andato per non essere disturbato. Non gli sembrava di aver chiuso gli occhi per più di qualche istante, invece, gli spiegò Renzo, aveva dormito sul water per tre ore filate. Anche lui confermò di aver bevuto il caffè. Aveva trovato la caraffa fumante nel retroscena e si era servito, così come avevano fatto gli altri.

Il giorno seguente la situazione peggiorò. A metà spettacolo, mentre Renzo faceva il trucco del foglio di carta che diventa una tormenta di coriandoli bianchi, scattò l'allarme. Le maschere si affrettarono a interrompere lo spettacolo chiedendo al pubblico di uscire ordinatamente. Il sipario si chiuse di colpo su Renzo che sparava trucioli di carta con un ventaglio, mentre Claude e il regista si precipitavano ad avvertirlo che si era allagato il sottopalco e dovevano allontanarsi prima che crollasse tutto.

Fuori dal teatro c'era chi faceva la fila per riavere subito il rimborso del biglietto, incurante del pericolo di incendi e corto circuiti che paventavano le due cassiere. Quando si sentì la sirena dei vigili del fuoco scoppiò il panico, e per alcuni istanti, mentre Claude gli sveniva teatralmente tra le braccia, Renzo fu assalito dal panico.

Le due date torinesi erano rovinate. Il regista, sull'onda della notizia già uscita sui giornali (che parlavano di scampata tragedia), propose a Renzo di sospendere la tournée. La settimana dopo sarebbero stati ad Alessandria, e poi da lì in quasi tutte le altre province di Piemonte e Liguria, prima di spostarsi in Costa Azzurra, dove la sua notorietà stava iniziando a sbocciare.

«Sospenderla, perché?» protestò Renzo.

«Cominciare così non è un buon auspicio. Evidentemente non siamo pronti, ci sono troppi guai.»

«Ma non è mica colpa nostra!»

Ma il regista, e con lui il resto dello staff, erano superstiziosi. Tanto dissero e tanto fecero che alla fine Renzo dovette arrendersi.

Durante i giorni seguenti, tra le apparizioni su TeleTessile e il lavoro per disdire le date già fissate con i relativi biglietti già venduti, e le penali subito richieste dai teatri, Renzo ebbe molto da fare. E niente di ciò che fece contribuì a risollevargli l'umore. Anche perché in televisione, in quello studio orrendo e angusto, non è che le cose andassero molto meglio.

La sua proposta di rifare il vecchio Carosello con finti prodotti da pubblicizzare non incontrò l'entusiasmo del presidente, che anzi si indispettì e accusò Renzo di volergli far perdere quei pochi inserzionisti che non erano ancora scappati dopo tutte le sue figuracce in video.

La verità è che Renzo avrebbe voluto abbandonare quella stupida rete, e l'avrebbe anche fatto se ora, con la tournée in forse e i teatri di mezzo nord-ovest che chiedevano i danni, non avrebbe saputo dove trovare i soldi. Soldi che, tra l'altro, da TeleTessile non aveva ancora ricevuto. A meno che quei foglietti con gli scarabocchi del presidente non avessero valore di valuta corrente.

Un pomeriggio il presidente Rivetti avvicinò Renzo nell'unico corridoio di TeleTessile, quello che portava all'uscita.

«Allora, come ti trovi qui da noi?» gli domandò con un sorriso.

«Come vuole che mi trovi», fece Renzo, sconfortato.

«Non puoi lamentarti, hai l'occasione di ampliare il tuo pubblico. È normale agli inizi avere contrattempi e qualche guaio.»

Agli inizi, aveva detto il presidente. Lo prendeva per una specie di principiante? Per un amatore? Renzo lasciò correre.

«Se posso darti un consiglio», proseguì il presidente, «forse è ancora presto per queste cose elaborate che vuoi fare tu. Secondo me la gente neanche le capisce, e poi come vedi sono rischiose, c'è sempre qualcosa che va storto. Prova a esibirti in cose più semplici, più… gestibili», concluse, alzando una mano per raggiungere la spalla di Renzo, che ringraziò rapidamente e scivolò via. Poi affrontò il corridoio con un certo piglio.

«Dove corri?» gli gridò dietro il presidente. «Tanto devi tornare anche stasera! Non dimenticartene, eh!»

A casa, Renzo fu accolto da un Claude col volto più torvo che mai. Intorno al tavolo della cucina, con le facce lunghe, Renzo vide che erano seduti Pino il regista e il "trovarobato".

«Ma cosa succede?» sussurrò Renzo nell'orecchio di Claude.

«Un altro guaio. Però tu stai calmo.»

«Ancora?! Che guaio?» si agitò subito Renzo.

«Stai calmo!»

«Non dirmi di stare calmo che mi innervosisci ancora di più!»

In cucina c'era aria di tempesta. Nessuno sapeva come cominciare perciò si fece avanti Sandrino il nano: «Ti hanno svuotato il magazzino.»

Renzo non reagì in nessun modo, rimase seduto con lo sguardo perso nel vuoto.

«Renzo?» disse Claude, che gli sedeva accanto.

«Renzo, stai bene?» intervenne Pino.

«Signor Renzo?» quando fu il turno del trovarobato.

Nessuno parlò per qualche minuto. In casa c'era un silenzio spettrale. D'un tratto Renzo si alzò e andò nello studio.

«È andato da Moira», disse Claude per rassicurare gli altri.

«E chi è?»

«Come chi è, è la tigre.»

Moira era un gigantesco felino di peluche che Renzo aveva acquistato a Parigi durante i suoi anni folli con una compagnia di artisti francesi. Ora la teneva nello studio e gli faceva compagnia quando lavorava. Se c'era da stabilire se un costume gli stesse bene o male e Claude non sapeva decidersi, era Moira a dargli il parere definitivo. A volte le leggeva un brano che aveva scritto, o porzioni di monologo per uno spettacolo, e se Moira diceva sì lui andava avanti, se diceva no cestinava tutto.

Come gli rispondesse era un mistero, ma Renzo giurava che lei, la sua tigre fidata, sapeva sempre come farsi capire. Avevano una lingua segreta e comunicavano così. Non era da escludere la telepatia.

«Toc toc», disse Claude affacciandosi nello studio.

Renzo era accasciato sotto a Moira e fissava un punto lontano mentre la tigre lo abbracciava con una zampa.

«Dove saranno finiti tutti i miei costumi?» domandò.

«Da qualche parte saranno e noi li ritroveremo. Non è che sia facile nascondere una maschera da mela umana o andare in giro come un'ape», provò a rassicurarlo Claude.

«Figurati se li hanno rubati per farci le passeggiate...»

«Anche questo è vero», commentò Claude sedendosi accanto a Renzo e Moira.

Restarono in silenzio e poi si addormentarono così. Tutti e tre.

TRE

Renzo decise di non denunciare il furto alle autorità e di indagare per conto suo. Pensò che il modo migliore sarebbe stato fare le indagini in incognito, in modo da potersi muovere liberamente per la città senza essere riconosciuto.

E così, indossati il suo impermeabile, col colletto rigorosamente alzato, un cappello da detective per nascondere il ciuffo, e la pipa d'ordinanza, andò a parlare col portiere dello stabile. Quello gli disse subito che non sapeva niente e non aveva visto niente. Ma glielo disse con fin troppo zelo, prima che Renzo potesse porgli una domanda.

«Di cosa non sa niente?» domandò allora Renzo, che aveva subodorato qualcosa.

«Di niente!» fece il portiere, chiudendo il vetro scorrevole del gabbiotto.

«Come fa a sapere di non sapere niente se non le ho ancora chiesto niente?»

La situazione si era già attorcigliata. Il portiere ora gli dava le spalle borbottando tra sé che non sapeva niente, e Renzo capì subito che non c'era da insistere con le domande. Bisognava spingerlo a parlare usando l'unica lingua che il portiere conosceva.

Disse: «Neanche adesso sa niente?» e fece scivolare una bella banconota da diecimila lire sotto al vetro del gabbiotto.

Nel giro di pochi minuti il portiere gli aveva detto tutto ciò che prima diceva di non sapere.

C'era stato un signore, un tipo elegante e di una certa età, che era venuto con alcuni ragazzi, gente dalla faccia brutta, degli "scagnozzi calvi" gli aveva detto, e quelli l'avevano minacciato, a lui, al povero portiere, perché gli dicesse dov'era il deposito di Renzo. Avevano detto: «Ti diamo tante di quelle botte», e lui, stoico, aveva detto «Non so di che state parlando, signore, ve lo giuro sul mio onore!» e quelli gli avevano fatto vedere i pugni e avevano detto che lo sapevano già che era lì. Al che lui, il misero portiere, aveva urlato, con grande sfoggio di coraggio: «No, non vi dirò nulla nemmeno se mi pestate! Mai vi rivelerò dov'è il deposito del signor Renzo!» Allora quelli avevano tirato fuori "delle armi pericolose" e gliele avevano "sventolate sotto al muso". Ma lui niente, coraggioso e leale fino all'ultimo, neanche davanti alle armi aveva ceduto. A quel punto i malviventi erano passati a minacciare il portiere che avrebbero picchiato anche sua moglie, "quella donna innocente", e a lui non era rimasto che confessare. I malandrini allora lo avevano legato alla sedia, così stretto che non "si sentiva più le mani", e mentre lui era lì a lottare per liberarsi loro avevano svuotato allegramente il magazzino e poi se n'erano andati "più veloci di un fulmine".

Renzo rimase a bocca aperta. La cronaca del portiere era talmente assurda che non riuscì a insistere.

Dopo una rapida ispezione nel suo magazzino ormai vuoto se ne andò e raggiunse Claude che stava facendo ginnastica in casa.

«Cosa ci fai vestito così? Sembri l'ispettore Clouseau», gli disse vedendolo entrare con l'impermeabile e il resto dell'armamentario da detective.

«Ho parlato col portiere dello stabile.»

«Cosa ti ha detto?»

«Una storia senza capo né coda. Quello che penso è che è arrivato qualcuno, probabilmente un uomo di una certa età, che gli ha allungato dei soldi per tenere chiuso il becco mentre mi rubavano tutto e quello se li è presi.»

«Ma chi?»

«Già. Chi?»

Il portiere del famoso stabile in cui vi era la cantina che Renzo usava come magazzino era un tipo ordinario. Come molti portieri passava gran parte del suo tempo nel gabbiotto (a leggere la pagina sportiva, fare solitari con le carte, sbucciare mandarini), e quando ne usciva era per distribuire la posta nelle cassette o per controllare che sua moglie, la portiera, avesse pulito bene le scale. Lei soffriva di sciatica e non era raro che saltasse un paio di rampe di scale per andare a stendersi sul divano, con la mano sulla fronte come se avesse la febbre alta e i piedi sul bracciolo "perché fa bene alla circolazione tenerli in su".

Insomma questo portiere, un uomo normale in tutto, senza guizzi e senza aspirazioni che esulassero dalle sorti del Torino nel campionato di calcio, non dava l'idea di essere difficile da raggirare. Lo stesso Renzo ci aveva messo appena qualche minuto a convincerlo ad affittargli quella cantina. Lui ne avrebbe anche presa un'altra, magari più vicina a casa sua se non proprio nel suo stabile, se l'avesse trovata. Ma le cantine prive di infiltrazioni di umidità erano cosa rara, e quando aveva saputo di questa si era precipitato, i soldi già in tasca e un sorriso smagliante per convincere chiunque si fosse trovato davanti.

Davvero, bastavano dei modi cordiali e qualche soldo per ottenere da lui pressoché qualunque cosa.

Quella mattina, dopo aver spedito la moglie su al quinto piano, armata di secchio e straccio e già piegata in due dai nervi infiammati, era lì che divideva la corrispondenza appena lasciata dal postino con tutta calma. La raccomandata qui, questa è una lettera privata e la mettiamo di qua, questa va allo studio medico del primo piano e me la tengo pronta qui tanto la segretaria arriva presto.

Ma invece della segretaria del pediatra arrivò una signora mai vista prima. Abbastanza alta, avvolta in una pelliccia chiara che poteva essere di volpe artica tanto era candida e soffice. Gli occhiali da sole, larghi e a goccia come si portavano in quegli anni, facevano risaltare il rosso fuoco delle labbra, l'unico vero dettaglio del viso che era dato scorgere in quella nuvola di eleganza e sensualità che ora, un tacco dopo l'altro, si stava avvicinando al portiere con l'accenno di un sorriso.

«Mi- mi- mi dica», balbettò il portiere, accecato dall'alone immacolato che circondava la donna.

«Sto cercando mio marito», disse la signora, la voce flautata come il sussurro di un angelo.

«Chi è suo marito?»

«Lo ha conosciuto qualche giorno fa...» gli confidò la donna, coprendosi la bocca da un lato con la mano come se volesse metterlo a parte di un segreto.

«Ah sì?»

«Sì...» confermò lei, poi si sistemò meglio dentro la pelliccia e ne approfittò per attirare l'attenzione del portiere sull'abbondanza del suo petto.

Il portiere rimase imbambolato, con la bocca aperta e lo sguardo di un personaggio dei cartoni animati che ha appena preso una botta in testa.

«È venuto qui per parlarle di...» suggerì la signora, indicando con la testa la tromba di scale che portava sottoterra.

«Di… cosa?»

«Della…» e la donna fece una pausa per creare suspense e confidenza, «…della cantina!» esclamò, ma sempre sottovoce.

Il portiere si irrigidì. «Suo marito, dice?»

«Esatto.»

«Che sarebbe il signor…?»

La donna scoppiò a ridere, stavolta a voce piena, come se volesse farsi sentire da qualcuno.

Sì, aveva sentito: «Aldo, che succede?» si sentì risuonare dalla tromba delle scale.

«Niente, niente! Pensa a lavare!» le disse lui. Poi uscì dal gabbiotto e si avvicinò alla signora in pelliccia, facendole cenno di avvicinarsi al portone per uscire.

La donna lo guardò da sopra gli occhiali da sole, poi sbuffò e tornò a urlare: «Mi dica se mio marito è stato qui! Lo voglio sapere!»

L'ometto le fece "shh shh!" e la afferrò per il braccio per trascinarla via, al che la donna si mise a urlare che il portiere la stava assalendo, che voleva farle del male, aiuto!, aiuto!, finché non diede uno strattone che fece cadere l'uomo in terra.

Sconvolto dalla forza della signora, il portiere si rialzò con un'espressione di terrore. «Cosa vuole da me?»

«Che mi dica che mio marito è stato qui!» esclamò la donna.

«Parli piano!» la supplicò l'uomo.

Si sentirono i passi della portiera giù per le scale. «Aldo, va tutto bene?»

«Se ne vada, la prego!»

«Mi dica che è stato qui e ha svuotato quella cantina o la metto nei guai con sua moglie. Glielo prometto.»

«Ma cos'è successo alla sua voce?» domandò il portiere. La donna aveva assunto un tono basso, baritonale.

«Aldooooo!» Ormai la moglie del portiere era a pochi scalini dall'androne.

«Allora?» insisté la signora, tornando alla sua voce flautata.

«Sì, è stato qui e ha rubato tutto. Va bene? Ora se ne vada, la prego!»

«Me ne andrò quando mi avrà detto come si chiama.» La donna fece un passo verso l'uscita per mostrare la sua buona volontà.

«Ferretti!» disse il portiere, spingendo la signora fuori e chiudendole il portone alle spalle con un colpo secco.

«Chi era?» chiese la portiera al marito.

«Una pazza», disse quello, tornando di corsa verso il suo gabbiotto.

«E cosa voleva?»

«Sapere se suo marito era stato qui.»

«Aaaah, una questione di corna», disse la donna,

incrociando le braccia e facendo sì con la testa. «Che tempi... non c'è più vergogna, ormai.»

«Già, già.»

Poco dopo, quando la moglie era tornata al terzo piano a passare lo straccio, il portiere riandò ad aprire il portone (dopotutto era mattina, non doveva restare chiuso) e si trovò di nuovo davanti la signora.

«Ancora lei!» disse, provando a richiudergielo in faccia. Ma la signora lo bloccò con la mano.

«Mio marito è stato così sciocco da dirle il suo nome? Non credo proprio.»

«Scusi tanto, eh, ma lei non conosce il nome di suo marito? Mica sono scemo io, eh!» e riprese a spingere, ma contro la signora non c'era nulla da fare.

«Come fa a sapere che si chiama Ferretti?»

Il portiere, stufo di combattere con quella donna dalla forza sovrumana e col timore che sua moglie tornasse giù a ficcanasare, disse infine: «Non l'ha detto, ma ho sentito uno dei suoi scagnozzi che lo chiamava così».

Purtroppo il nome Ferretti aveva messo Renzo in difficoltà. Da un lato gli semplificava la vita: conosceva delle persone con quel nome e non lo stupiva più di tanto che si trattasse di loro. D'altro canto, ora doveva affrontarli, e non era semplice dato che li conosceva da una vita.

Non si erano mai trasferiti. Molte famiglie ricche, soprattutto se la ricchezza era recente, preferivano ritirarsi in campagna, ai margini della città, per poter vivere tranquilli dietro muri di cinta e cancelli, senza dover tirare le tende. Ma loro no, avevano scelto di spostarsi dentro Torino seguendo i passi che il loro benessere crescente gli consentiva. E così erano finiti in una stradina intorno a piazza Castello, sei stanze doppio salone e tripli servizi in un palazzo antico e ben restaurato che gli permetteva di confondersi col sobrio sfarzo torinese (peccato per il sobrio, pensavano i nuovi ricchi Ferretti).

Al citofono aveva risposto la domestica e Renzo si era spacciato per il parroco della vicina basilica del Corpus Domini, e la donna, vedendo l'abito dallo spioncino, l'aveva fatto subito accomodare sul gigantesco divano nel salone dei Ferretti, la cui idea di eleganza era: finiture d'oro a qualunque tessuto e repliche in gesso di statue famose. A incombere sopra la testa di Renzo che aspettava di incontrare il signor Ferretti, infatti, c'era il pube del David.

«A cosa devo il piacere, padre?» disse il signor Ferretti al suo arrivo in sala, la mano destra che lo precedeva e viaggiava come una freccia verso Renzo.

«Buongiorno signor Ferretti», disse Renzo, alzandosi e ricambiando la stretta di mano.

L'uomo rimase interdetto quando, finalmente, incrociò lo sguardo del religioso.

«Non mi riconosce?» domandò Renzo.

«Cosa fai qui?» disse, brusco, il signor Ferretti.

«Non lo immagina proprio?»

«No, perché dovrei?» ribatté il Ferretti, indietreggiando. «Ugo!» chiamò poi.

Il figlio si affacciò alla porta della sala. Era ancora in pigiama e stava mangiando una brioche. Aveva il muso pieno di briciole e un grumo di crema pasticciera in un angolo della bocca.

«Dove avete nascosto i miei costumi?»

Ugo restò immobile sull'uscio. Il padre idem. Ma appena Renzo fece un passo verso i due, Ugo imboccò il corridoio da cui era venuto e si diede alla fuga.

«Fermo!» gli gridò dietro Renzo, mentre lo inseguiva per la casa. L'abito da prete gli stringeva le gambe perciò dovette tirarlo su. Si sentiva ridicolo a correre appresso a Ugo con le mani sulle gambe per tenere il vestito, come fosse una gonna. Ma come facevano le donne se qualcuno le inseguiva per la casa?

Ugo sparì dietro una porta, e Renzo dietro di lui. Dietro Renzo correva il padre di Ugo, e dietro di lui la domestica, che gridava in preda al panico senza capire bene il perché.

Com'è frequente nelle vecchie case signorili, le stanze comunicavano grazie a delle porticine interne, perciò i quattro continuarono a corrersi appresso attraversando le camere da letto, lo studio, la sala da tè con balconcino fiorito, finché non sbucarono nuovamente in corridoio. Renzo intanto si era sbarazzato dell'abito da prete e ora indossava una vestaglia che aveva preso al volo dalla camera da letto dei genitori di Ugo. Continuava a intimargli di fermarsi, ma quello schizzava per il corridoio come un velocista e ora stava saltando sui divani, con l'ex amico sempre alle costole e gli altri due dietro, le braccia al cielo come se sperassero di appendersi a qualcosa.

Finirono tutti in cucina a girare intorno al tavolo di legno istoriato dove si faceva colazione, poi Ugo si decise a fare uno sprint e, giunto in camera sua, riuscì a chiudersi a chiave all'interno. Renzo lo sentì che si affrettava a girare la chiave delle altre due porte che conducevano alla camera padronale e allo studio.

«Basta correre così in casa mia!» esclamò il padre appena lo ebbe raggiunto. «Chiamo la polizia!»

«Sicuro che le convenga?» lo minacciò Renzo.

«E si tolga la vestaglia di mia moglie!»

Nessuno fece caso alla domestica che, tossendo per lo sforzo, indicava la finestra della sala da tè. Appena ebbe riprese fiato, mentre Renzo e il signor Ferretti litigavano sparando minacce sempre più grosse, riuscì a dire: «Il signor Ugo!»

Non avendo altre vie di uscita, infatti, Ugo aveva preso la finestra e ora stava avanzando carponi sul cornicione del palazzo.

«O cielo!» gridò il padre.

«Mi dica dove avete nascosto i miei costumi! Lo so che li avete presi voi!» Renzo non si era accorto che Ugo stesse gattonando sul precipizio, perciò quando vide il signor Ferretti che correva verso la finestra pensò che volesse saltare giù, e gli andò dietro per fermarlo. La domestica, invece, pensò che Renzo volesse impedire al Ferretti di raggiungere il figlio, e partì in quarta per bloccarlo.

Ci fu un momento di confusione. Ugo che per la paura di perdere l'equilibrio non riusciva a tendere la mano verso il padre, che a sua volta non riusciva ad avvicinarsi al figlio perché era trattenuto da Renzo, che gli chiedeva di non buttarsi o almeno di dirgli prima dove fossero i suoi costumi mentre la domestica lo graffiava e lo colpiva sulla schiena perché lasciasse che il signor Ferretti aiutasse Ugo.

Quando la piccola folla nella sala da tè riuscì a calmarsi e a capire cosa stesse succedendo, sembrò per un istante che tutto si fosse risolto. Renzo lasciò il signor Ferretti e la domestica smise di picchiarlo. Ugo tese la mano verso suo padre e lui gliela strinse, tirandolo verso l'interno dell'appartamento. Ci volle un improvviso intervento esterno a rigettare tutti nel caos: un gabbiano, forse indispettito per l'invasione di Ugo nel suo territorio, si gettò in picchiata verso il ragazzo e lo colpì in testa. Lui perse la presa con il braccio di suo padre e, sbilanciato dal movimento per rientrare, scivolò dal cornicione e cadde giù.

QUATTRO

Tre giorni dopo, durante un'assonnata colazione con Claude, Renzo ebbe un'illuminazione: «La televisione!»

«Uh?» mugugnò Claude, il quale di solito, fino a mezzogiorno, si aggirava per casa come uno zombie e, se poteva evitarlo, non parlava.

«Sono giorni che non vado a TeleTessile!» esclamò Renzo. Alzandosi fece cadere il caffellatte sul tavolo.

«È bollente...» disse Claude, sbadigliando, mentre il caffellatte gli si rovesciava sulle gambe. «Fa malissimo», aggiunse, immobile e con lo sguardo ancora tramortito dal sonno.

«Mi sono completamente dimenticato di andarci!» continuò Renzo.

«È veramente da ustione.»

«Mi avranno licenziato? Devo andarci subito.»

«Se esci mi fai il piacere di chiamare l'ambulanza?»

Renzo mise la prima cosa che trovò nell'armadio (il suo vestito da antico cinese) e si precipitò negli studi di TeleTessile. La gente si stupiva a vederselo correre accanto, forse se lo immaginavano rincorso da un drago.

Gli ultimi giorni erano stati un vero turbinio di eventi. I problemi in diretta TV, poi con lo spettacolo a teatro, poi il furto dei costumi e infine l'incidente di Ugo. Certo, la causa di tutto era stato proprio lui. Ugo l'aveva sabotato in ogni modo, poi aveva convinto il padre a svuotargli il magazzino. Insomma si era messo in testa di rovinarlo. Possibile che avesse accumulato tutto quell'odio?

Per fortuna ora era tutto finito. Compresa TeleTessile, a quanto pareva. Un paio di facchini stavano portando via delle sedie impilate mentre altri due provavano a far passare l'enorme scrivania del presidente per le scale. Mentre imprecavano e bestemmiavano chiedendosi come avessero fatto a portare quell'enormità fin lassù, Renzo gli si avvicinò e chiese cosa stesse succedendo.

«Non lo sappiamo. Ci hanno solo ordinato di svuotare l'appartamento.»

«Ma non c'è nessuno di TeleTessile?»

«Di che?»

«Qui c'era una rete televisiva...»

«Ah, boh!» tagliò corto l'uomo, lasciando Renzo con un grosso punto interrogativo in testa. «Ma lei parla benissimo l'italiano!»

«Vivo qui dai tempi della dinastia Ming!» e fece un inchino prima di imboccare l'ascensore e salire al piano degli studi. L'appartamento era già quasi completamente vuoto. Dai vari uffici mancavano giusto le scrivanie con la sedia davanti e gli orrendi quadri alle pareti. Qualcuno aveva svitato le lampadine mentre altri avevano provato a sganciare le tende – con scarso successo visto che per metà erano rimaste lì strappate.

In fondo al corridoio, dove prima c'erano gli studi veri e propri, ovvero la stanza buia in cui Renzo si era esibito quotidianamente per un breve periodo, ora erano rimasti solo i pannelli: quello nero e quello con la foto incollata male del Monte Bianco. Il resto era sparito.

Non c'era traccia dei dipendenti dell'emittente. La segretaria di redazione, i tecnici audio e video, la "giornalista" che "leggeva" le "notizie" in diretta. Nessuno. Figurarsi il presidente. Il suo ufficio enorme sembrava ancora più vuoto degli altri. Renzo curiosò tra alcuni fogli che erano rimasti sul pavimento. La maggior parte erano fogli su cui qualcuno aveva battuto a macchina sequenze di lettere prive di senso. Pagine e pagine solo con la lettera "p". Altre con i numeri da 1 a 9 ripetuti per intere righe. Come se qualcuno avesse fatto finta di lavorare.

A quel punto Renzo tornò a casa, dove trovò Claude impegnato a cospargersi di unguenti.

«È un miracolo che non sia rimasto sfigurato quando mi hai rovesciato quella lava addosso.»

«Meglio che ti prepari, dobbiamo fare una visita.»

«Mi preparo a fare cosa? Non vedi che sono convalescente?»

«Si va in ospedale.»

Per un istante Claude pensò di ricoverarsi. «Dici che mi serve un dermatologo? O *un chirurgo plastico*?» si fomentò.

«Ma non per te! Andiamo a trovare Ugo.»

«Ah, ma certo! Andiamo a trovare l'uomo che ha provato a distruggerti la carriera!»

«Voglio fargli qualche domanda, tutto qua. E vedere come sta.»

«Ma se mi hai detto che è ingessato dalla testa ai piedi!»

«Sì, si è rotto tutto quello che c'era da rompere. Però la madre mi ha detto che è vigile e parla normalmente.»

«Io ti avverto», protestò Claude smettendo di spalmare strati su strati di crema lenitiva sulla gamba bruciata dal caffellatte, «alla prima cosa sbagliata che dice gli stacco tutti i tubi che lo tengono ancora in vita.»

«Dai, preparati», gli disse Renzo. «E poi quali tubi? È in ortopedia, mica in sala rianimazione.»

Renzo andò a cambiarsi. L'abito da cinese attirava troppa attenzione, e di certo quella non era l'occasione adatta neanche per Carmen Miranda. Per andare in ospedale meglio qualcosa di più sobrio, quindi prese il camice da chirurgo e lo stetoscopio.

Il padre di Ugo aveva ottenuto di tenere mezzo reparto di ortopedia solo per il figlio. La clinica era privata e i soldi non gli mancavano. All'inizio del corridoio trovarono la domestica e qualche parente di Ugo, tutti in stato di grande agitazione. Non si capiva se piangessero o si sforzassero di trattenere le risate. Stavano lì e ogni tre per due si voltavano verso la parete come se dovessero tossire, o se avessero le convulsioni, e facevano dei versi strani che Renzo non riusciva a decifrare.

Renzo no, ma Claude sì: «Questi se la spassano».

«Si vede che sta meglio», commentò Renzo prima di fermare un'infermiera e chiederle dove fosse la stanza di Ferretti. Quella gli indicò, in fondo al corridoio, una porta quasi ostruita da fiori e ghirlande.

«Ma che, è morto?» domandò Claude, facendosi subito zittire da Renzo.

La scena era questa: su un lettino piegato a V per comodità, stava un corpo avvolto da bende e ingessature. Le braccia sorrette da due ganci ai lati, e ingessate fino alle spalle, le gambe una su (ingessata) e l'altra stesa sul letto, tutta coperta di garze. La testa, poi, bendata a lasciar fuori solo naso e occhi, e intorno agli occhi si scorgevano ecchimosi e lividi giallastri. Sembrava fosse stato investito da un camion.

«Praticamente una mummia», sussurrò Claude all'orecchio di Renzo mentre i due si avvicinavano al letto del povero Ugo.

«Shh!»

Il padre di Ugo era seduto accanto al figlio e teneva la mano della madre, che sembrava ipnotizzata. Quando vide Renzo, col camice e lo stetoscopio, si alzò e chiese se c'erano novità.

«Signora, sono io, non sono un medico», spiegò Renzo.

La donna sembrò confusa, al che si inserì il marito: «È venuto a prendersi di nuovo gioco di nostro figlio?»

«Ma no, volevo solo vedere come sta e parlarci, se possibile.»

«Non vede che è moribondo?»

«Sto bene, papà», disse Ugo. «Lasciateci soli, per favore.»

«Ma sei sicuro?» dissero in coro i due genitori.

«Sì.»

Uscirono tenendosi per mano ma lasciarono la porta socchiusa.

«Mi sono rotto tutto», esordì Ugo.

«Hai fatto un bel volo», confermò Renzo. «Per fortuna che c'era il balcone di quelli del piano di sotto. E di quello sotto ancora. E poi quel cane...»

«Ma che spettacolo incredibile mi sono perso?!» esclamò Claude, che fu subito invitato a uscire. «Allora vado a cercare un dermatologo perché mi stanno venendo le piaghe dove mi hai ustionato oggi.»

«Ho avuto fortuna», sospirò Ugo quando furono soli.

«Oggi sono passato da TeleTessile. Non c'è più nessuno.»

Ugo deglutì.

«Uhm... ne sai qualcosa?»

«Temo di sì.»

Renzo lasciò a Ugo il tempo di pensare a cosa dirgli. Quello gli chiese di avvicinargli il bicchiere con la cannuccia che teneva sul comodino e diede un paio di sorsi.

«Ma cosa bevi?» domandò Renzo annusando il bicchiere.

«Orzata.»

Questo lo intenerì. Ugo beveva orzata da quando era bambino. Se lo ricordava a scuola, durante la ricreazione, con la sua bevanda biancastra nel biberon di quando era ancora più piccolo. Era l'unico modo di portarla in giro, mica poteva imbottigliarla. E al bar, dove la ordinava sempre insieme a qualche pasticcino. Ci accompagnava il pranzo e la cena, invece dell'acqua o della Coca-Cola. E anche ora, da adulto, bloccato in ospedale con più ossa rotte che intere, eccolo che sorseggiava la sua amata orzata con la cannuccia.

«TeleTessile è una cosa mia.»

Renzo sbarrò gli occhi.

«Sì, mi dispiace. Ho messo in piedi tutto solo per… be', lo sai perché.»

«Veramente non lo so perché!» protestò Renzo.

«Perché volevo essere migliore di te.»

«Per quale motivo? Cosa ti ho fatto?»

«Una volta eravamo amici. Uniti perché tutti ci prendevano in giro, e io mi sentivo al sicuro, almeno con te. Invece poi don Luigi, l'oratorio, la scuola… Riuscivi meglio di me in tutto. E quindi ti ho sabotato e ti ho rubato i vestiti perché volevo provare a sostituirti.»

«Ma non ha senso. Ognuno ha la propria magia. Non è stato semplice per me trovare la mia strada.»

«Sì ma… io sono sempre stato l'ultima ruota del

carro dappertutto. Non avevo niente che mi rendesse speciale», disse Ugo, con un filo di voce per l'imbarazzo. «Ti dispiace grattarmi lì?» chiese poi, indicando come poteva con il muso.

Renzo esitò un momento perché gli faceva impressione, ma alla fine gli grattò il piede infilando il dito dentro all'ingessatura.

«Grazie... di solito lo chiedo a mia madre.»

«Ho capito che da piccolo eri invidioso di me, anche se mi sembra incredibile, però devi renderti conto che hai fatto delle cose terribili. Lo capisci che devo denunciarti?»

«Sì. Lo so. Mio padre ti- ti- pa- pa- pagherà tutti i danni», balbettò Ugo, che forse solo ora capì quanto fosse grave la sua situazione. Gli veniva da piangere, e visto lo stato in cui si trovava non riuscì a trattenersi. «Ma la cosa che mi dispiace di più è di averti creato tanti problemi!» buttò fuori all'improvviso, sputacchiando dappertutto. «Almeno perdonami, ti prego!»

Renzo era basito. Rimuginò qualche secondo, poi gli fece ciao con la mano e uscì dalla stanza.

EPILOGO

Ugo non credeva ai suoi occhi. Aveva esitato ad aprire la lettera dopo aver letto il mittente: era Renzo.

Dopo quel giorno in clinica non l'aveva più visto né sentito. Suo padre aveva gestito la trattativa con l'avvocato e si erano accordati per un rimborso tutto sommato esiguo per le ore sprecate a TeleTessile. Renzo non aveva voluto fargli causa per la truffa ai suoi danni, e nemmeno per il furto. Aveva recuperato le sue cose, e tanto gli bastava.

Oggi gli arrivava una lettera: cosa voleva da lui? Aveva cambiato idea?

La aprì col tagliacarte d'oro dello studio di suo padre. Uno dei tanti oggetti eleganti che aveva accumulato per darsi un tono da gran signore e non aveva mai usato. Le lettere le apriva strappandole con le dita. Come tutti, d'altra parte.

Ugo si sorprese di nuovo quando vide che non si trattava di una lettera. Era un invito. C'era il biglietto numero 001 per uno spettacolo in un famoso teatro in pieno centro a Torino, uno dei più prestigiosi. Lo

spettacolo si chiamava *Il Gioco della Vita*, e assieme al biglietto c'era una cartolina cartonata su cui era stampato, in caratteri eleganti, che lui, Ugo Ferretti, era invitato a partecipare alla prima del nuovo spettacolo di Renzo, in tal giorno e a tale ora, e che l'invito era strettamente personale.

Era passata qualche settimana, ora Ugo poteva deambulare abbastanza facilmente. Le fratture alla gamba destra si erano ricomposte, e sebbene gli servissero ancora le stampelle riusciva a muoversi per casa da solo e, accompagnato, anche a uscire per fare brevi passeggiate.

Dopo aver mostrato l'invito a suo padre senza ottenere altro che una specie di parere legale, Ugo decise di andare. L'avrebbe fatto per mostrare che il suo pentimento era sincero. Probabile che Renzo volesse dimostrargli quanto fosse bravo, più bravo di lui, e che i tentativi di sabotarlo erano stati completamente inutili e ridicoli. Voleva ostentare il suo successo invitandolo a uno dei tanti tutto esaurito che faceva. E tutto sommato si meritava di essere rimproverato ancora una volta, addirittura umiliato se necessario, perché aveva molto da espiare.

La sera dello spettacolo prese un taxi. Arrivò fuori dal teatro con qualche minuto di anticipo. Il tassista si offrì di aiutarlo a salire i gradini ma lui preferì farlo da solo.

Non c'era ancora nessuno. Anche il botteghino era vuoto. Pensò di aver sbagliato giorno e controllò sul biglietto.

«Il signor Ferretti?» disse una maschera, spuntata da chissà dove.

«Sì.»

«Prego, da questa parte.» La maschera strappò il biglietto e lo accompagnò all'ingresso della sala.

«Il mio posto qual è?» domandò Ugo, trovandosi di colpo solo. La maschera era sparita.

Ugo percorse la platea deserta e guardò in alto, verso i palchi e il loggione. Nessuno neanche lì. Il silenzio era quasi assoluto, con l'eccezione del lieve fruscio del sipario che ondeggiava come se trattenesse una brezza. Andò a sedersi in prima fila, proprio al centro.

Pochi istanti dopo si spensero le luci e si chiusero le porte d'ingresso in sala.

Partì una morbida musica di pianoforte che accompagnò l'apertura del sipario, ma subito si trasformò nella musica di *2001: Odissea nello spazio* mentre in alto compariva un orologio che scendeva fino al palcoscenico, e appena toccò terra comparve Renzo, che salutava il pubblico vestito da Pierrot dello spazio e si muoveva leggiadro con un ombrello in mano. Ogni volta che passava dietro all'orologio il costume cambiava colore: bianco, blu, grigio, oro, e a ogni passaggio volteggiavano coriandoli come farfalle, spinti in alto dal semplice soffio di Renzo. E poi lo spettacolo continuò senza soste, tra il bolero e la musica pop, Carmen e un punk londinese, in un turbine di colori e trasformazioni incessanti che lasciarono Ugo senza fiato. E mentre Renzo diventava qualunque cosa la sua immaginazione gli suggerisse, giocando con se stesso come un bambino gioca con i pastelli su un foglio bianco, e la musica accompagnava soavemente i ballerini sul palco, che a volte erano se stessi altre volte parevano rifrazioni dello stesso Renzo in un infinito gioco di specchi, Ugo finalmente riuscì a capire. Anzi, meglio di capire, poté sentire nel suo cuore. Che si poteva essere un milione di cose diverse, tutte vive e splendide e luccicanti, e che il nostro aspetto e la nostra identità non erano che una delle tante maschere che sceglievamo di indossare. Che la vita era un gioco le cui regole erano quelle della poesia e della magia. Allora Ugo, con gli occhi pieni di quello spettacolo multicolore che andava in scena solo per lui, sentì dentro di sé che ogni giorno poteva essere l'inizio di un gioco fantastico, e che oggi non era ancora troppo tardi per cominciare a giocare.

Al termine di questa mia prima «fatica letteraria», tengo a ringraziare Fabio Viola, senza il quale il libro che avete tra le mani non sarebbe esistito.
Mi ha aiutato in maniera decisiva nell'affrontare un mestiere non mio e, quindi, a tenere i piedi ben saldi a terra, non perdendo il filo in troppe fantasticazioni.
Un grazie speciale anche al mio amico Davide Bonato, che mi ha aiutato nella pazientissima opera di revisione.
Ringrazio inoltre Eugenio Nittolo, il talentuoso illustratore che ha creato i disegni dei momenti più speciali del libro.
Grazie alla tenacia di Corrado Melluso, senza il quale questo libro non sarebbe mai nato.

ROMANZI E RACCONTI

Erica Arosio, Giorgio Maimone, *Vertigine*
Martina Liverani, *Manuale di cucina sentimentale*
Michele Lauria, *Un piccolo Dio*
Petra Hůlová, *Trilocale di plastica*
Maria Tarditi, *Pecore matte*
Alberto Custerlina, *Il segreto del Mandylion. All'ombra dell'Impero*
Åke Edwardson, *Stanza numero 10*
Nicky Persico, *Spaghetti Paradiso*
Hélène Battaglia, *Una promessa di felicità*
Fulvio Abbate, *Intanto anche dicembre è passato*
Caterina Cavina, *Le ciccione lo fanno sempre meglio*
Evgenija Ginzburg, *Viaggio nella vertigine*
Eduardo Rebulla, *Le conseguenze estreme*
Roberto Mandracchia, *Vita, morte e miracoli*
Noémi Szécsi, *La vampira snob*
Barbara Buoso, *L'ordine innaturale degli elementi*
Tommaso Pellizzari, *Movimento per la disperazione*
Jonathan Ames, *Non sei mai stato qui*
Francesco Consiglio, *Le molecole affettuose del lecca lecca*
Claudio Fava, Michele Gambino, *Prima che la notte*
Roberta Torre, *Il colore è una variabile dell'infinito*
Michele Santeramo, *La rivincita*
Luca Ragagnin, *Marmo rosso*
Mauro Berruto, *Independiente Sporting*
Gaia Giordani, *Sei proprio una scema*
e.e cummings, *La stanza enorme*
Francesca Reggiani, *L'angelo nelle nove*
Monica Zapelli, *Il cielo a metà*
Corrado Fortuna, *Un giorno sarai un posto bellissimo* (2ª ediz.)

Davy Rothbart, *Il cuore è idiota*

Fabio Geda, *Nel mare ci sono i coccodrilli*

Alberto Manzi, *E venne il sabato*

Alberto Schiavone, *Nessuna carezza*

Francesca Ramos, *Diciotto ossa rotte*

Simonetta Sciandivasci, *La domenica lasciami sola*

Antonio Pennacchi, *Camerata Neandertal*

John Dos Passos, *Manhattan Transfer*

Eduardo González Viaña, *La ballata di Dante*

Francesca Romana Capone, *Più di quel che avanza*

Ken Saro-Wiwa, *Sozaboy*

Emma Dante, *Le principesse di Emma*

Francesco Mandelli, *Osnangeles*

Alessandro Valenti, *In grazia di Dio*

Sindiwe Magona, *Da madre a madre*

Giorgio Specioso, *Dinosauri*

Alessandra Selmi, *La terza (e ultima) vita di Aiace Pardon*

Massimiliano Santarossa, *Metropoli*

Fabio Viola, *I dirimpettai*

Edward Abbey, *Desert solitaire. Una stagione nella natura selvaggia*

Francesca Marzia Esposito, *La forma minima della felicità*

Mazarine Pingeot, *Le invasioni quotidiane*

Giorgio Faletti, *La piuma* (2ª ediz.)

Daniela Amenta, *La ladra di piante*

Giacomo Cacciatore, *Se tornasse Natale*

Lucia Del Pasqua, *Quella certa dipendenza dal tasto Invio*

Alberto Custerlina, *La carovana dei prodigi. All'ombra dell'Impero*

Stefania Auci, *Florence*

Marco Pastonesi, Giorgio Terruzzi, *Il bello del gas*

Giorgio Faletti, *Io uccido*

Giorgio Faletti, *Niente di vero tranne gli occhi*

Giorgio Faletti, *Fuori da un evidente destino*

Giorgio Faletti, *Pochi inutili nascondigli*
Giorgio Faletti, *Io sono Dio*
Giorgio Faletti, *Appunti di un venditore di donne*
Camilla Costanzo, *Una bellissima notte senza luna*
Angelo Mellone, *Nessuna croce manca*
Monaldi & Sorti, *Imprimatur*
B.J. Novak, *Una cosa ancora*
Marino Buzzi, *L'ultima volta che ho avuto sedici anni*
Colette, *La donna celata*
Arturo Brachetti, *Tanto per cambiare*

Stampato nel settembre 2015
per conto di Baldini&Castoldi s.r.l.
da Grafica Veneta S.p.A. - Trebaseleghe (PD)